# 河边流萤

二集

谷安林 著

中共党史出版社

**【题记】**

夕阳辉耀着山头的塔影，
月色映照着河边的流萤……

——莫耶 郑律成《延安颂》

# 目 录

## 第一辑 河山新绿

## 第二辑 如切如磋

## 第三辑 行走大地

## 第四辑 往事如风

## 第五辑 烟火平生

## 第六辑 诗书漫卷

## 第七辑 亲近自然

## 第八辑 感动平凡

# 第一辑

# 河山新绿

家常话

作为大国领袖习近平主席的新年贺词，其内容当然反映了今日中国改革和发展成就的万千气象，治国理政的家国情怀、中国精神和中国智慧，语词庄重而典雅，然而令我感动至深的，是他那通篇的家常话，入情入理、入脑入心，特别是“千头万绪的事，说到底是千家万户的事”，人民领袖日理万机，诸事纷繁，在为谁辛苦为谁忙？——千家万户老百姓；这就叫“以人民为中心”，这就叫“不忘初心、牢记使命”，这就叫“江山就是人民、人民就是江山”。真理是朴素的。这千头万绪与千家万户，活画出党和人民领袖全心全意为人民服务的格局与情怀，崇高精神与高尚品质；从中我们真切感受到一百年来中国共产党人为人民谋幸福、为民族谋复兴的赤胆忠心与无私奉献。同时，也清晰地看到，刚刚过去一年岁月的不同寻常，高耸的里程碑，创造了脱贫伟绩，中华大地全面建成小康社会，成就和经验的书写与传承，以及新的征途上我们一起向未来的大呼猛进！

过去的一年，如习近平主席所说，我们付出了，奉献了，也收获了，新年伊始，我们要在以习近平同志为核心的党中央领导下，继续团结奋斗，去争取新的更大的胜利！

# 学习断想（一）

现在全党都在学习贯彻党的十九届六中全会精神，学习《中共中央关于党的百年奋斗重大成就和历史经验的决议》。昨天文件发表了，赶紧阅读，认真学习；昨晚读了习近平总书记关于这个“决议”的说明，深受教益；今天开始读“决议”全文，边读边思考，以入脑入心，化作思想利器，用以解读历史、汲取智慧、指导思想和行动。

百年历史波澜壮阔，辉煌成就朗若星河。这次对历史经验的总结同党史上前两个总结，既一脉相承，又与时俱进，而且这一个“决议”，站在新的时代高度，回顾昨天奋斗历程，立足今天理论实践，面向未来发展征途，融会贯通，成就彰显，经验升华，不禁叹为巅峰之作。“决议”产生，来之不易，体现了以习近平同志为核心的党中央英明决定与精心谋划，体现了民主集中制原则与实践，汇聚了全党智慧，因而才有这恢宏巨制；相信通过党的各级组织和全党同志对十九届六中全会精神的学习贯彻，对“决议”深入学习贯彻，全党一定会进一步统一思想统一意志统一行动，进一步增强“四个意识”，坚定“四个自信”，做到“两个维护”，形成推进新时代中国特色社会主义事业的磅礴之力。

# 学习断想（二）

读“决议”，遇见几个“关头”：长征，遵义会议，“在最危急关头挽救了党、挽救了红军、挽救了中国革命……”，抗日战争“……民族危机空前严重的关头”，“‘文化大革命’结束以后，在党和国家面临何去何从的重大历史关头……”，连贯思之，不禁感触良多。

何谓“关头”？起决定作用的时机或转折点是也。每逢重大历史关头，中国共产党和她的领袖的态度和作为，鲜明地体现了对人民对国家对民族的责任担当；回顾党百年历史，如前面所引述的，我们党在重大历史关头表现出的坚毅果敢、政治智慧，彰显的初心使命感、责任担当，无愧为全体人民的主心骨，中华民族的中流砥柱，这是中国共产党的无上荣光，也是我们每一个共产党员的骄傲与自豪。

现在，我们党站在新的时代起点，统筹世界百年未有之大变局和国内改革发展稳定大局，描绘和实施中华民族伟大复兴的宏伟蓝图；我们在凯歌行进，同时也清醒地看到前进道路上仍有风险考验，如“决议”所表述的，“全党必须铭记生于忧患、死于安乐，常怀远虑、居安思危”，“必须保持越是艰险越向前的英雄气概，敢于斗争、善于斗争，逢山开道、遇水架桥，做到难不住、压不垮，推动中国特色社会主义事业航船劈波斩浪、一往无前”！学习“决议”精神，这一点值得反复领会。

# 冰雪运动好

北京冬奥会倒计时 100 天，各大媒体都在扯着嗓子广为宣传。北京 2008 年成功举办夏季奥运会，明年将举办冬季奥运会，据说一个城市举办双奥会，这在世界上是绝无仅有的，非常不容易，值得赞美。

冰雪严寒，坚持户外运动特别是冰雪运动，是对人的意志和力量的考验，也是生命美丽与快乐的张扬。现代社会的冬季运动，冰雪操练，自然是宏大而壮观；回忆少年时代，在家乡踏雪远行，河湖溜冰，也是花样翻新，其乐陶陶，有时玩疯了，完全忘记了北国严寒……

于今人们讲究了，说运动，动不动就进健身房；还是野外好，走出去体会前辈爬冰卧雪的艰难，也拾捡银色天地动人诗句。

时光飞逝，2008 年北京奥运会时，我还是直接参与者，所谓特聘专家，服务于总体策划部，那间办公室就在北四环奥运大厦 13 层，此刻那段难忘的日子，仿佛又浮现在眼前，令我生发幸福感。

# 雪花飞了

盼雪，雪花如期而至，飞入春天的门槛，为北京冬奥会添加了梦幻色彩。

雪花飞去了，我忽然想到冰心的诗句，“我的朋友！ / 雪花飞了，/ 我要写你心里的诗”（《繁星》）雪落无声亦有声，雪花带来的感动和无边的眷恋，在人们的心中化为诗行，搅动了美丽的春梦。

我的朋友！你心里的诗，也是无声亦有声，无声如雪花的轻柔，有声则是心音激荡，蕴含着通过冬奥会展示的科技、低碳和成功防疫等，彰显中国综合国力日益强大的生命气象。

雪花飞了。北京作为世界唯一的“双奥”城市，其举办的24届冬奥会，留给全世界的体育盛会的美丽、神奇、丰富，独一无二的古老而年轻的东方文化盛宴，将长久地留在各国运动员、教练员和来宾的心中，这澎湃的诗情该如何挥洒？

# 春之序曲

昨日立春。斗转星移，二十四节气又一个轮回，标志美好的春天来到了，虽然在北方，花山绿野还隐约冬之帷幔里。

此刻，我的思绪仍沉浸在张艺谋挥洒的北京之春的冬奥开幕画面中，冰雪激情爆款，蓝色诗篇、绿色梦想，传承一脉文化新颖中国风。于百年未有之大变局、疫情肆虐的忧患时，北京冬奥扬起彰显希望与信心的中国红，鼓舞人们振奋更快、更高、更强、更团结的奥林匹克精神，团结起来，共克时艰，我们一起向未来！年逾七旬的张导张艺谋，没有让人们失望，愿他的艺术青春永驻，为我们创作更多的精品力作，带来更多的人间惊喜。

春天，无论从季节还是心情上说，都是令人渴望的，我用诗句表达过这情愫："冬天的夜晚，/ 单调而清冷 / 都市穿起灰色的斗篷……/ 思念绿荫，绿荫可在 / 种子的梦中漫游；/ 寻找花朵，花朵该在 / 春天的路口等候"。如现在这样，春天刚刚拉开幕布但春天毕竟来了，已经隐约听到她轻盈的脚步声。不久就可以看到早春景象，穿越历史，体味文章绝代韩愈的奇妙诗意："天街小雨润如酥，草色遥看近却无"，让心情随春天的节奏放飞，徜徉在广袤大地，产生磅礴的力量，不断创造新的业绩。

清新

# 随想

这些天，全球瞩目的北京冬奥会，冰雪赛事全开。荧屏前人们热情观赛，更为中国运动员奋勇拼搏加油，为他们攻坚克难夺金挂银喝彩、祝贺，喜泪飞洒，心潮逐浪。

今天上午，谷爱凌在自由式滑雪女子大跳台决赛中勇毅夺冠，全网轰动，线上线下顿时腾起山呼海啸般喝彩。人们对谷爱凌的赞美，是由衷的，也是多方面的；有比赛中受挫而沉着面对挑战的勇毅；有钟情中国文化的女儿心；有热爱冰雪运动的“飞翔”的梦想……而我则更欣赏她投身体育竞技的示范性，充满“玩”的热情，却体现了更快、更高、更强、更团结的奥林匹克精神，谷爱凌，你这阳光的冰雪精灵！

# 三月你好

朋友早晨问候，发一春色图，上面镌有“三月你好”，看了让人生发联想。

三月，在北京，春天的脚步轻盈，春风带来花信，梦幻般的美好开始了。

喜庆的“两会”如约而至，大会堂里欢声笑语，长安街华灯通明，红墙下白玉兰含苞待放……随后，三八妇女节，那年“两会”期间我作为政协委员，还兴致勃勃蹭了几个合影，跟李谷一，跟王霞，还有几位京剧名角。三月八日，也是我可爱的小孙女生日，她格外喜欢生日蛋糕，吹灭蜡烛那一刻，她全部生动都会从脸上显露出来，甜蜜得如一朵绽放的花。

“3·15”消费者维权日，已往不免热闹，现在仿佛消停多了。寂寞的“3·15”，实为我愿。

看看这春三月还有什么？春天喜事多，谁知道明天和喜庆哪个先到，朋友，祝你好运，欢欢乐乐拉开春天的帷幔，去迎接美好生活的万紫千红！

# 春风吹

我是曙色，我是微风，我是报春的雨燕，我是红旗的经纬在广场舞动，点缀三月的北京！

又一度春天的约会，我的人民政协，我的早春花红；时光流转，人寿年丰，也有沟坎，也有苦痛，看委员走来，步履匆匆，怀揣提案，一腔赤诚，为了人民幸福，为了民族复兴。长安街红灯高挂，大会堂撑起灿烂星空，彰显协商民主的创造，展示党的领导的英明与人民事业的成功。

三月春风里，我们在倾听，过去的一年，如神奇的万花筒，经济社会发展的高速度与高质量，更有赓续血脉的红色文化传承，这样让人感奋，恰似龙抬头，再抬头，报春的喜讯在人们心中升腾。

今日全国政协五次会议开幕，急就数行文字以贺。

# 看“两会”

“两会”开幕，自然是一道风景；春天的约会，全国人民政治生活中的一件大事，吸引着祖国各族儿女的热切目光。

看“两会”，人们关注什么？或者说，应该怎样观察、学习？以为一是好好学习大会相关报告，了解大事小情，体会会议主旨；二是关注党和国家领导人进团进组听取讨论、发表指示，领会思想；三是听代表委员发言，看他们是否做足了功课，思想是否跟上中央的步调，民意表达是否自觉、充分。还有呢，就是媒体报道是否真实准确，丰富多彩，体现党性与人民性的统一。

我们知道，代表是人民选出的人民代表，委员是各界推选出的来自人民的社会精英，我们信任他们，也充满期待，希望他们牢记人民嘱托，坚持以人民为中心，履行好职责，为完成“两会”即定使命而努力。

“两会”是一面镜子，反映行进在新时代新征程的祖国生机勃勃的面貌；“两会”又是风向标，学习领会“两会”精神，我们将方向更明，道路更宽，更加信心十足、勇气十足，去实践新的奋斗目标，去迎接新的胜利！

春天永远属于无畏的奋斗者，属于力争上游的人！

# 节日

昨天，中国文联、中国作协全国代表大会隆重召开，习近平总书记出席会议并发表重要讲话。这是全国广大文艺工作者的盛大节日，我们欢欣鼓舞，瞩目大会盛况，体会大会精神。

习近平总书记的重要讲话，热情而深沉，纲举目张，指引方向，照耀前路，内涵丰富，语重心长，为新时代文艺工作大发展、文化建设大繁荣，提供了新思想新启迪新举措。需要我们深入学习，努力贯彻。

习近平总书记在讲话中，对百年以来，在党的领导下，广大文艺工作者历史作为、贡献和作用作了高度概括和评价，对十八大以来广大文艺工作者的新作为新贡献新的重要作用，同样给予高度评价和褒奖，他郑重指出：十八大以来，广大文艺工作者与党同心同德、与人民同向同行，围绕中心、服务大局，真情倾听时代发展的铿锵足音，生动讴歌改革创新的火热实践，在文艺创作、文艺活动、文艺惠民等方面作出积极贡献，取得丰硕成果。……我国文艺事业呈现百花齐放、生机勃勃的繁荣景象。这个肯定和评价，对广大文艺工作者乃至广大群众无疑是极大的鼓舞，为新时代文化建设大发展和文艺创作大繁荣注入巨大的力量。

习近平总书记在重要讲话中，还提出了五点希望，我们会努力践行。他强调，文化是民族的精神命脉，文艺是时代的号角，给我留下深刻印象，引发深长思考。

# 家国

近年国庆献礼电影，名字颇为讲究，如《我和我的祖国》《我和我的家乡》，由此推测，下面就该《我和我的家》了。不想出来一部《我和我的父辈》，那意思也差不多了。

所谓一滴水可以反射太阳的光辉，“我和我的家”的变化，的确能够反映伟大祖国日新月异的发展变化，“我和我的父辈”想来会通过年代故事，表现父辈的坚韧性格和崇高精神，这也应了家国天下、家国情怀的要义。

我的家，父亲母亲，兄弟姐妹，已往写岁月走过，已有涉及，一个词概括，就是“贫穷”；但算计着讨生活，总还是过得去，而且随着国家经济社会发展向好，特别是改革开放以后日子一天比一天好，大家分为小家，家家喜气洋洋，折射出国家的兴旺发达，眼看着可以从国家的改革发展成果中分享更多的实惠。这是已往人们连做梦都想象不到的。

事物在发展，生活在前进。现在我们党正在进一步谋划和实践全体人民共同富裕的重大课题，如何让人民更多地享受到改革发展的成果，如何缩小贫富差距，更好体现社会公平正义，更好地满足人民对美好生活的向往。

有国才有家，国家是人民的依靠，同时千家万户又是国家的支撑。习近平主席说，江山就是人民，人民就是江山。揭示了人心向背关系到党和国家生死存亡，只有不忘为中国人民谋幸福、为中华民族谋复兴，这样的初心和使命，才会有江山永固、人民幸福的美好生活和宏伟愿景。

说到底，国家的繁荣发展、人民的富裕幸福，要靠在党的领导下艰苦奋斗，实干兴邦终究是硬道理，在庆祝中华人民共和国成立72 周年之际，让我们更加紧密地团结在以习近平同志为核心的党中央周围，为全面建设社会主义现代化强国、为实现中华民族伟大复兴中国梦而不懈奋斗！

# 如画

一段时间以来，每晚电视“新闻联播”的末尾，都会有各地迷人的风景，展示美丽中国的画卷，让人心旷神怡，让人浮想联翩，让人引以自豪。

党的十八大以来，生态文明建设与经济建设、政治建设、文化建设、社会建设，结为一体，统筹推进，美丽中国的愿景一天天展现，我的赞美与感动在心头交汇，不禁想大声呼喊：祖国，多么美！生活，多么好！

科学发展才有美丽中国。生态文明建设是关系人民福祉，关乎民族未来的长远大计。“绿水青山就是金山银山”，习近平总书记这充满哲思的语言，是生态文明建设的诗意表达，更是亿万人民心声的迸发，同时，也是对全面建设中国特色社会主义规律的深刻揭示。从实践到理论，这些年，人们欣悦地看到生态文明建设的丰硕成果，远的不说，北京的天空就是一面镜子，已往恼人的雾霾给我们带来多少忧烦与无奈，近年来天蓝蓝，水清清，清新的空气，舒心的笑容，多想以热情的笔触为此抒写诗情画意……

蓝天白云，绿水青山，均来之不易；金山银山，就在眼前，这是党领导人民艰苦奋斗的伟绩！金秋十月，放眼望，江山如画，从脚下铺展向未来，我们的喜悦与自信正在广袤的国土上飞扬。

# 今日秋分

今日秋分，昼夜均分；均贫富，曾经是古代农民起义的口号，与今天说的通过改革和发展，让人民更多地分享改革发展成果，以缩小贫富差距，不是一回事。新乡有个史来贺，社会主义新农村模范带头人，1990 年代我前去访问，他讲过一句名言："合理差别，共同富裕。"这八个字，揭示了一个朴素的真理，耐人寻味，又敬佩有加。

秋分时节，"三秋"大忙，在北方，大田收割，喜摘棉花，同时修整土地、准备播种冬小麦。而南国收获晚稻，翻耕田地，准备播种油菜……趁天气晴明，抢收抢种，不违农时。

自 2018 年起，这天，喜气盈门，欢乐普降；国家把秋分定为中国农民丰收节，农业、农村和农民，这"三农"问题，已往要着力解决农民增收、农业发展、农村稳定，而今新时代乡村振兴战略的提出和实施，为解决"三农"问题开拓了广阔空间和美好前景。此刻，农民兄弟在欢度自己的节日、放飞丰收喜悦的时候，可看到共同富裕的大路上，人们你追我赶的奋斗气象？

秋分，将秋季均分为两半，平分秋色之时，我们关注合理差别、共同富裕，期待更高水平的共同富裕。生活在中国特色社会主义新时代，该有多么幸福，又多么幸运，让我们在以习近平同志为核心的党中央领导下，以奋斗的佳绩，去迎接更加美好的未来！

# 别了，我的金秋

歌儿里唱“金梭”“银梭”，世上就四季轮回，人们一年年成长，江山一年年富饶。深秋时节，仿佛拾捡落叶，我回望这段时间的写作，竟然又得百篇，不禁窃喜。微文写作，怪有意思的；天天写，天天发表，不似给报章杂志，想看还得耐心等待，来稿登记、编辑修改、一审二审，诸如此类，麻烦得不行。现在好了，写了就发表，或好或差，随时可以看到朋友们的评点，该有多爽！

无人命题，但规矩在，选材谨慎，题目倒可以随意些。有趣，说道不少，不能把肉麻当有趣——必须的。知识性不够，情感补，所谓笔锋常带感情；自然，也要不断学习，尽量增进旧识新知，读书再破几卷，勇于接触实际，摘取思想果实。

莫道岁月催人老。对于我们老年人，我主张“老有不为有所为”，“不为”，好说，现有规定甚多亦甚详，而“有所为”，就不那么分明了，总之比较难，就是做“志愿者”大约也会有条件要求，至少有年龄限制。那么，家居写作就是便捷的事情了。一个人就是一部历史，从中可以看到社会变革、时代前进的缩影；一个单位，就是一个社会，其发展变化的历程，给我们以睿智和深沉；一片地域就是江山万里，给我们以总结已往、展望未来的地标……

查了日历，7 日立冬，而 6 日寒潮即到，伴有雨雪，席卷华北。秋，真的尽了，我的依恋尚在：今秋我不出大院却得到了别样芬芳的阳光，从容地欣赏了秋叶的殷红与金黄，网上与远近的朋友们交流了这 100 篇微文，听取了发自内心的话语，有过誉的鼓励也有温暖的批评。

时光啊，如江河奔流，想起伟人的诗词锦句“子在川上曰，逝者如斯夫”，让我们不负韶华，继续奋斗，为了祖国和人民的光辉未来。

★天凉好个秋

# 盼雪

今日大雪，所谓小雪大雪又一年，已近年终盘点的日子了。

小雪节气，普遍意义上是“天将雪”，不一定下雪；“大雪”了，还是不一定降雪，意味着此后天气更寒冷了，当然也不排斥有雪。巧了，天气预报说北京明天晚间有雨夹雪。也该下雪了，与上一次落雪相距太久了。

我的关于雪的记忆，大多跟迎接新年有关，记得已往我的新年贺卡中，就不止一次赞美白雪，吟诵雪的意象带给人世间的美好。诸如：“北京落雪了，多么好！让我们共同分享这一份快乐，在这辞旧迎新的日子里，在这清点昨日劳绩、放飞明天梦想的时刻”，“终于领略了多雪的壮丽，我们的心灵仿佛被擦拭一过，在冬日的阳光下熠熠生辉”，“让雪花的轻柔，再一次触摸你光洁的前额和永远年轻的心，而我的问候就在那一声喜雪的欢叫里”。昨天的文字，依稀梦中歌唱，今天读来依然感受到岁月多情、心的年轻。盼雪，就是盼雪一样的纯洁，雪一样的温暖，雪一样的友谊，期盼共同的更加美好的未来。

新时代，面临百年未有之大变局。大时代，我们胸襟宽广，为了实现中华民族伟大复兴，应该有“漫漫征途，唯有奋斗”、闯关夺隘的壮志与伟力。那么，大雪纷飞，恰是出征的宏大背景，喜雪的歌谣该融入新长征的春天序曲，伴我们赓续红色血脉，书写新的历史篇章。

# 大年近了

虎虎虎，大年近了。有预告说，中央电视台一套节目，开年大戏《人世间》明晚开播，猜想大约是年代剧，我之所爱，此刻充满期待。

新时代过年，应该一年好过一年；这里主要说烟火人世间，民生况味、百姓喜乐。我不懂经济，感到倘就业扩大、收入增加、物价平稳，家国平安，大多数群众有获得感、幸福感、安全感，心中满意，那么，这个年，就是大家盼了365天的欢乐而幸福的大年！

美好生活当然是奋斗的果实，风霜雨雪又一年，大家迎着困难前行，特别是在抗击疫情的背景下，搞改革，求发展，又是“五位一体”，又是“四个全面”，各项成就的取得，多么不容易！党的领导是定海神针、进军的旗帜；亿万群众奋勇向前，闯关夺隘，彰显推动历史前进的伟力。过去的一年里，我们总结了百年奋斗的伟大成就和历史经验，放眼未来，我们更增添志气、骨气和底气，对建设社会主义现代化强国、实现中华民族伟大复兴伟业更加信心百倍。

我们憧憬更加美好的生活，同时也深知那一切美好都不是嘴巴说出来的，而是靠艰苦奋斗干出来的；回顾过往，即可洞见未来，喜迎新春，积蓄力量，准备再上征程，去夺取新的胜利、新的荣光！

# 祝福

明天即除夕，这两天有电话来，多是老朋友老同事老老同事，大家年纪大了，平时本来走动就少，加之疫情阻隔，年终岁尾总要彼此报个平安、问候家人，趁大拜年热闹之前，清清静静说说话。说些什么呢？要言不繁，段落清楚：一是问询身体健康，阖家安好；二是国家大事有人管，我们听话就好，颐养天年；三是保重保重，天天好心情。

时光荏苒，转眼到了垂暮之年，看人间沧海桑田，祖国处处旧貌换新颜，难免勾起往事回想，我从哪里来，做过哪些事，眼前的繁华可有我的劳绩凝结其中，耳畔的歌谣可有我的热词注入？一己的奉献当然微不足道，但我们的报国热忱和辛勤汗水终不会泯灭，至于后人是否会记得则无关紧要。这就是上一代人、上上一代人的心里话。

祝福，由家至国，祈国泰民安，祖国一年强似一年。记得一年春节，国家领导人去医院，看望住院的功勋卓著的科学家钱学森，钱老问：国家好吗？从电视屏幕上看到这一画面，我不禁泪水在眼眶里打转："国家好吗？"这就是掷地有声的家国情怀啊！虎年来临之际，让我们衷心祝福可爱的祖国虎跃龙腾，更加繁荣昌盛；中华民族伟大复兴的前进步伐更加雄壮有力！

# 开工大吉

“开工大吉”，年年春节过后，最喜这四个字，和这相仿佛的图。世界上什么最美？劳动最美；什么最光荣？劳动最光荣。工作着是美丽的。您好好体会吧。

新时代，年轻人再贪玩，该上学的时候，他会去上学；该上班的时候，他会去打卡，这是劳动的天性，这是工作的惯性，“葛优躺”不是常态，“躺平”更不是新人应该有的状态与心理。想想，无病的情况下，人最痛苦的是什么？失去工作和无所作为，可能不是唯一，但至少是之一。而快乐和幸福，大都跟光荣的劳动、跟工作中的亢奋与创造的果实有关。1980 年代，为收集报刊史资料，我到杭州拜访著名作家陈学昭，她平静地生活着，依然在写作；她亲切地接待我们，回忆 1940 年代在延安的生活和工作，回答了我们提出的关于延安《解放日报》的一些史实。我还表达了曾经读过她的小说《工作着是美丽的》，自己的感动与所受的启迪。

一年之计在于春。一天之计在于晨。当此开工之际，让我们带着过年的喜悦，五福临门也好，六六大顺也好，七星高照也好，勇毅前行，努力去创造，一起向未来！

# 春天来了

春天来了！虽然，昆明湖的冰面还没有消融，玉渊潭的岸柳还没有泛青，然而风吹在脸上已经变软，风向又多来自东南……我知道，季节转换是铁律，春天的脚步不可阻挡，不可阻挡。

北京的早春不免寂寞，好在冬奥会春之喧闹，荣耀的中国红，已搅动遍地春潮；而且，“两会”临近，春天的约会在即，金水桥下将腾起晶莹的喷泉，长安街红墙下将绽放报春的玉兰……

一年之计在于春。若不负春光，就应早行，对四季旅程，每天课业，有认真谋划，有韧性坚守，有身体力行。朋友，春生夏长，“春种一粒粟，秋收万颗子”，但问耕耘，也问收获，奋斗吧，去收获我们美好的人生果实。

# 幻想的魅力

今日春分。雪后北京，春和景明，忽然想到恰好也是这时节，1978 年 3 月下旬中共中央、国务院召开的第一次全国科学大会，想到时年 86 岁高龄的郭沫若同志在会上发表的热情洋溢讲话；那篇讲话是著名播音员虹云代为朗读的，于今已作为一篇美文传诵。

科学家、诗人集于一身的郭老，在讲话中有一段名言，“科学是讲求实际的，老老实实做学问，来不得半点虚假。科学也需要创造，需要幻想，有幻想才能打破传统的束缚，才能发展科学”。他还幽默地说，“不要把幻想让诗人独占了”。这是我第一次听到幻想的意义，听到科学需要幻想、有幻想才能发展科学的忠告。

幻想极富魅力。也许，我们的奇妙幻想，最初来自童话天地、神话故事；也许更早，在襁褓中目之所见，蓝天白云，花鸟鱼虫，即开始萌发想象力……有幻想才有生活的向往，才有创造的活力；幻想无疑应该是科学家、文艺家必备的素质。列宁说过，“幻想是极其可贵的品质”。那么，让我们放逐幻想，发挥想象力，既讲求实际，又勇于创造，在各个领域开拓前行，建功立业，去夺取新胜利。

郭老在那篇年轻的讲话结束时说，“春分刚刚过去，清明即将到来……这是人民的春天，这是科学的春天，让我们张开双臂拥抱这个春天吧”。春分时节，抚今追昔，不胜感慨：今天祖国欣欣向荣，科学事业兴旺发达，不忘党领导发展科学事业的历史，不忘前人开拓创新，薪火相传，愿科学的春天永驻！

# 回忆的力量

时代在前进，社会在进步，如今老年人的生活也是千姿百态；有继续四处奔走，以一己之长为社会服务的；有万般通通放下，惟寻自在，乐其余生的，等等，但有一点是共同的，就是闲来不免做回忆状，沉湎往事有所思。

人到老年，爱回忆过往，实属正常，并非衰老与消极的表现。光荣与梦想，拆开来说，似乎可以说光荣大半属于过去，而梦想则瞩望未来。那么，缅怀过去，就应该多回忆光荣的事情，光荣的路程，奋斗的艰辛与快乐，从而悟出人生真谛，以鼓舞自己，教育后代。回忆，当然不是老年人的“专利”，步入中年，视野大开，阅历渐丰，也可以回忆总结自己的成长历程。列宁说过，忘记过去，就意味着背叛。一个人要长记性，就需要适时做回忆状，总结经验，以利进步。回忆应该激发力量，鼓荡情怀，砥砺品质；应该如石光电火般穿越，回忆就是历史，回忆就是力量，照耀人们高扬旗帜，大呼猛进，在通往实现第二个百年奋斗目标、实现中华民族伟大复兴的道路上。

# 苹果

世界上苹果的故事很多，中国共产党人不能忘却的，则是锦州苹果，苹果上萦绕的红色故事。

1948 年 9 月，辽沈战役期间，锦州的苹果红了，东北野战军战士行军路过果园，忍着饥渴不动树上的苹果；住宿老百姓家，群众拿出储存的苹果送给战士，战士就是不肯吃，他们说，我们是共产党的队伍，也是人民的军队，有“三大纪律八项注意”，不动群众一针一线，不能吃群众的苹果。当时毛泽东同志从战报上知道了这情况，印象深刻，并以此教育广大干部战士。1956 年党的八届二中全会上，毛主席又一次提到这件事。他说，在这个问题上，战士们自觉地认为：不吃是高尚的，而吃了是很卑鄙的，因为这是人民的苹果。我们的纪律就建筑在这个自觉性上边。这是我们党的领导和教育的结果。人是要有一点精神的，无产阶级的革命精神就是由这里头出来的。领袖的目光能够穿透时间的幕墙，毛主席的谆谆教诲，超越时空，至今依然如春雨滋润我们心田。领袖的荫护下，我们常重复这样一句话：“人是要有一点精神的”，这首先是、最重要的是，守望共产党人的精神家园，懂得什么是高尚的，什么是卑鄙的，坚守党的纪律，群众纪律，不拿群众一针一线，时刻牢记“三大纪律八项注意”，坚决维护人民群众的利益，做人民的好公仆，一辈子勤勤恳恳为人民服务。

# 桥

老年人骄傲起来也是不得了，面对年轻人，“我走过的桥比你走过的路还多”，可能吗？太夸张了吧？自然，从人生阅历、生活经验说，也确实如此。

说到老年人，说到桥，我又一次想起河南辉县老干部服务队为山区发展修渠造桥的故事。

那座桥有个别致的名字，叫“五千斤大米桥”，是新华社已故社长，那位写过通讯“县委书记的榜样焦裕禄”的新闻人穆青给起的。

那天，也是一个秋日，新乡市委组织部一位年轻的领导叫马增富（身手不凡，文字亦了得）引我在大山里穿行，考察当年老书记郑永和带领老干部服务队活动的旧址。当我们沿着公路来到这座有故事的桥边，他款款深情，讲述桥的传奇。

原来1997年底，县交通局知道由离退休老同志组成的老干部服务队，在山里帮助群众修路造桥，很受感动，快过年了，于是送来5000斤大米表示慰问，结果老同志们决定把大米送给山区百姓，不白送，一斤大米换一尺石料，这样，造桥所需石料大部分解决了。

烂漫的秋阳下，我在桥头徜徉许久，不愿离去。我想到，几十年过去了，辉县老书记郑永和的事迹依然在流传，太行公仆精神哺育了一代代青年才俊。历史进入新时期、新时代，史来贺、吴金印、裴春亮、范海涛等英模人物，若群星灿烂，赓续红色血脉，继续带领群众为追求和实现美好生活愿景而艰苦奋斗。

# 九一八

每年的九一八，关东老家的城市都会鸣响汽笛，警醒我们不忘国耻；每到这个时刻，我的耳畔都会萦绕那自天而降的悲歌“我的家在东北松花江上……”于是，眼前浮现当年日寇的凶残，同胞的苦难，更有白山黑水间东北抗联英勇战斗的烽火硝烟……

前事不忘，后事之师。对于日本侵略者发动侵华战争的滔天罪行，我们须臾不可以遗忘；强国有我，投身中国特色社会主义现代化建设洪流，是实现人民幸福、民族复兴的伟大壮举，自然也是抵御任何外敌入侵的基本保障。不忘九一八，就要激励自己，在以习近平同志为核心的党中央领导下，众志成城，厉行实干兴邦，同时教育后代不忘国耻，立志成才，长大报效祖国，践行强国之志。

1931 年 9 月 18 日，那是埋在我们心底的伤痛。90 年过去了，如今伟大祖国已强大起来，我们对前程充满自信，如歌里唱的，“朋友来了有好酒，若是那豺狼来了，等待它的有猎枪”！

# 表达

孟晚舟万里归来，受到祖国人民的热烈欢迎，看深圳机场摇旗呐喊的人群，那响彻夜空的高亢歌唱，让人怎能不激动？

孟晚舟在深情表达：有五星红旗的地方就有信念的灯塔，如果信念有颜色，那就是中国红。她勇于坚守信念，扛起艰难，因为她知道自己背后有强大的祖国，有领导我们事业的核心力量中国共产党。登上祖国派来接她回家的专机、走下专机踏上中国土地，这庄严的时刻，她用炽热的语言在表达心声，表达对祖国的爱恋，对党的感恩，对人民的感谢。

人们欢呼孟晚舟归来，也在表达心语，表达爱国主义情怀；这不是一个人的胜利，而是祖国日益强大的证明，从中人们又一次具体地认识到中国为什么能，又一次体会到党与人民百年同心、血肉相连；永远跟党走，就会有志气有骨气有底气，就会在全世界面前扬眉吐气。

是否可以说，孟晚舟归来，是一个象征，由此我们再一次表达对祖国的挚爱，对人民的感谢，对党的感恩与赤诚，对习近平新时代中国特色社会主义思想的礼赞！

国庆临近，大地飞歌，《歌唱祖国》《我和我的祖国》此伏彼起。晴空万里，秋色烂漫。我们的喜悦在金秋里放飞，美好的未来在向我们招手！

# 第二辑

# 如切如磋

# 邂逅

已往，对银杏树仿佛没有多少印象，与它邂逅，是在山东临沂，缘于一次农村基层党建调研。

那是 1998 年的事情了，因为老早就知道临沂有个九间棚村，党支部带领群众脱贫致富，由此传出一句名言：“给钱给物，不如建个好（党）支部”。为学习总结这方面的经验，省委组织部领导陪我到临沂，看了九间棚后，又转几个地方，其中有个“万亩银杏林”。

那天，地委吕书记携我们穿行在银杏林中，介绍几个县抓党建、促经济发展的情况和经验，直感到增长见识，身心愉悦，亦有所思。同时，听乡、村党组织负责人介绍立足山区，解放思想、开拓进取，带领乡亲们致富奔小康，种种辛劳与喜乐，颇受鼓舞；还参观了他们用银杏树叶和果实，加工制作的诸如银杏药片（为药厂提供原料）、银杏树叶填充的枕头、被子等保健商品。一时，我满眼墨绿，为密集的银杏树叶所包裹，依稀走进童话世界……

此后一段时间，我逢人就说临沂之行，就说开发银杏资源的传奇故事，我与银杏树的不期邂逅。

# 迟开的谜底

那年，一位部领导光荣受命，去外省任职，自然是喜事；临行，同志们都想送一送，他却不愿打扰大家、影响工作，选了午饭后同志们休息时，悄然离去。哪知道，待他下楼来到院子里，人们早在那里等待，顿时簇拥而上，纷纷握手（敬礼）致意，足见这位领导没有架子、善于联系群众之好。

谈笑间，忽见机关党委同志挤过来，神秘地耳语同时往他上衣口袋里塞了什么东西。他仿佛会意地笑笑，然后拱手与大家作别，车就开走了，留下的是同志们对他深深的依恋。

一个问号伴了许多年，“党委同志塞给部领导的究竟是什么”？那时我已离开部里，一次回部办事，与人闲谈，谜底揭开了。原来是两张扑克牌，一个大王，一个小王；显然，这是在开领导的玩笑，也许不无寓意，领导在部里与群众打成一片，经常利用中午时间跟大家玩牌（桥牌或“斗地主”），这一去不能说山高水长，也是难得见面，送两张王牌（那时还没有“王炸”的流行语），祝工作顺利，也不忘老部下、老同事。自然，这些是我给予的诠释了。

# 亲切

若问“组织部门同志有什么特点”？我的回答是“亲切”，家人般的亲切，党员之家，干部之家，再加一个人才之家嘛。

今天，给朋友们介绍一位组织部门的同志，新乡市委组织部马副部长，他为人亲切和蔼，诚恳锐智，工作勤勉，实绩突出，又十分低调，典型的组织部门人形象。

记得也是一个秋天，他陪我去看当年郑永和老干部服务队的驻地，大山里的一处房子，他指点山水，给我讲述太行公仆郑永和、杨贵、穆青和吴金印的故事，归来看“五千斤大米桥”，我们徘徊其间，触景生情，久久不愿离去。

今年编辑《百年花红——给青少年讲党的故事》，其中有几篇文章涉及新乡的英模人物，总感到写得不够到位，于是请他帮助改写；千字文写出人物的事迹和精神，并非易事，没想到，他很快完成，读了令人佩服。一是他对英模人物事迹熟悉，一是他的文字概括力和表达力非同一般，所以能有这等成绩。

马副部长在组织部门工作年深日久，人才难得，相信领导识材，会给他更广阔的发展空间，让他更充分地发挥聪明才干。

# 爱别人与爱自己

时代楷模孔繁森，是一位充满大爱的人，两次进藏，心系群众，服务雪域高原的民族兄弟，洒遍人间都是爱！

孔繁森同志喜欢这样一句话："一个人爱的最高境界是爱别人，一个共产党员爱的最高境界是爱人民。"爱自己，当然；有理想有信念，求全面发展，也自尊自重，爱惜羽毛；爱别人，突破自我，开阔大爱襟怀。所谓"人人为我，我为人人"，一己的喜乐、幸福，是诸多"别人"给予的，含有社会关爱，由此说到一个人的爱，最高境界是"爱别人"，逻辑清楚，情感到位。再进一步，作为共产党员，党的干部，初心和使命担当要求我们全心全意为人民服务，去追求人生理想与党性要求相结合的至境！

爱自己与爱别人显然可以统一于服务人民、振兴中华的奋斗中，一己的全面发展、人生幸福，存在于集体的荣耀与时代的进步中，这是一个朴素的真理，越来越多的人接受它，实践它。自然，还会有一时没有想清楚的朋友，相信他们会在时代大潮中，逐渐觉醒，跟上时代脚步，与心怀大爱的人们携手前行，在为实现中华民族伟大复兴的集体奋斗中，也欣悦地实现思想道德的自我完善。

# 缅怀科扬同志

世间走了一个人，天上增添一颗星！这冬夜的寒星，是一个纪念，我们送别，以嘹亮的军号，表达果敢前进的意志；是一个摇篮，以感恩的心声，我们曾在您的身边成长，此刻寄意星空，我们把滚烫的心呈上，为您驱散冻云……

赞美！我们赞美您的忠诚，凡是党的声音，您倾听，领悟，执行，不畏艰难，勇敢前行；党的形象，不容玷污，哪怕是一粒灰尘，您抚案夜尽，笔墨纵横；人民的利益，至高无上，您文章锦绣，拓宽公仆胸襟。对党忠诚，敬党爱党，早织入党旗经纬；永远跟党走，直到这生命的尽头！

赞美！您圣洁的仁爱之心，坦诚待人，如坐春风；援之以手，胜似亲朋；奖掖青年，毫无保留；开展批评，心也相通；切磋技能，虚怀若谷；鼓舞斗志，大吕洪钟……

世间走了一个战士，天上增添一颗红星。这冬夜的寒星，也许并不冷寂，因为您的火热情怀不泯，依然闪耀昨日的梦境！

★繁花似锦又一春

# 说“架子”

一次外出，得老同事热情款待，杯酒下肚，就不见外了，说了句“如今许多为官者多有架子”，我这位同事官阶不小，听了不以为然，敬我一杯酒，平静地说道“哎，架子还是要有一些嘛”！我一时无语，心里思忖：“唉，我又倚老卖老，好为人师了”。

为官者到底应不应该有架子？当然不应该有架子，人民公仆嘛，在群众面前怎么可以摆架子？笑话。那么，该如何解读我这位老同事的“有些”二字呢？

先说这“架子”的表现，一是出入不苟言笑，见群众不招呼，不询问，不关心其痛痒，拒人千里之外。二是派头十足，漠视群众，他的逻辑是群众不如专家、专家不如“鄙人”，一己意见为大。三是听不得批评意见，群众稍有“顶撞”，即吹胡子瞪眼，或故作矜持，一言不发，讳莫如深。诸如此类，还可以举出一些。领导有架子，仿佛刚刚吃过榴莲，人们避之唯恐不及，懒得搭理他。这无疑有损公仆形象，不足为训。

那么，不架子十足，留“一些”如何呢？这留一些，自有名堂，该不是担心人们不把领导当回事儿，甚至“蹬鼻子上脸”？有些，或留点“官架子”，显然是领导为自己留的一个台阶，一份“尊严”，领导毕竟不能与普通群众画等号，否则怎么叫领导者，怎么区别领导者与被领导者，为官与群众呢？这点心思，哪里藏得住，路人皆知，路人皆知。

有句名言，叫“放下即实地”，一如两手把着窗台、两脚离地，怪难受的，松开手，就会轻轻着地。已经开始联系群众，准备放下架子了，不妨彻底放下，留那么“一些”，容易为开倒车留后路，容易旧病复发。

为官摆架子，是官僚主义作风的表现，是低级趣味，要不得，要不得，第三还是要不得！在我们的领导机关，大家都是普通劳动者，人民公仆，随时随地应该与人民群众打成一片，坚持从群众中来、到群众中去，全心全意为人民服务。低调为官并非做“谦谦君子”，而是由人民公仆的地位决定的，再往深里说，就是毛主席教导的，“人民，只有人民，才是创造世界历史的动力”“群众是真正的英雄，而我们自己则往往是幼稚可笑的”“人民万岁”！想到这些，难道还有什么架子不能放下，还有什么虚荣心不能丢弃吗？

# 好好说话

语言是表达思想感情的工具。一般情况，至爱亲朋之间说话，可能不假思索，脱口而出；而公众场合，就不能这么随便了，总要看看对象，总要想想，斟酌一下，不然，就可能惹来麻烦。这是讲说话宜谨慎。

还有，说话要留意语言“适度”，内容实事求是，表达适度、得体。比如，参加学习，发表体会，以为还是真挚朴素些好。“真理伟力”，这话的意思不错；毛主席讲过“战争的伟力之最深厚的根源，存在于民众之中”，显然，伟力可以说，真理更是可以礼赞，但在这里，可以不这么刻意求“凝练”，就说真理一旦为群众所学习掌握，就会产生推进事业发展的伟力之类，不是更明白畅晓？至于贯彻落实的表态，“认真贯彻落实”“抓紧贯彻落实”“全面贯彻落实”等等，以为都到位，而“落细落实”的说法，就不大好懂，意思明白，大约是强调过细地落实，那可以在落实后面补一句“把工作做细”，嫌不够，再加俩字“各项”，“把各项工作做细”。总之，真理是朴素的，礼赞真理的语言太浮华，容易影响真理光芒的普照。

一个人无论从事什么工作，语言表达都不是小事情；让我们加强学习，提高思想水平，同时留意语言适度得体，正确表达思想感情，更好地履行职责，为继续推进新时代中国特色社会主义伟大事业，积极贡献自己的智慧和力量。

# 有事说啊与有事说事

“有事说啊”，这是一句温暖的话，与有身份的朋友见面，分手之际，人家常递过这个锦句。什么事儿呢，小事不好麻烦别人，大事就更不好打扰，让人为难，这样，锦句也就锦句而已，万不可认真。我这人有些轴，有时胡乱认真，有事（多朋友的事儿，自己的反倒张不开嘴）真的说了，往往遭遇冷落，打电话催，一次，客气回复“莫急，在办”，再次，“等等嘛”，三次，电话失联……让你不好意思再提此事。

如今一些同样有身份的人，则另有佳句，叫“有事说事”。尽管市场经济，等价交换，他怀揣原则，铮铮铁面，那话语掷地有声，管你是哪位爷。朋友也有亲疏，一般的，“有事说事”，言外之意，爷忙着哪，别来烦我。

有事说事，也有别解，即不须客套，别玩那些“俗”礼，有事办事好了。自然，这是清流！

这个题目，文章作不完，开个头也就结束了。愿远远近近有身份的朋友，为群众包括朋友，放下架子，勤政为民，秉公办事，以播善缘，存留政声。

# 具体些

词有大小，话有轻重，谈理想、述志向，尽量具体些，也切近些，让人感到真诚、实在才好。反之，尽管您是心口如一，别人可能还是觉得您“装”，在“卖片儿汤”。

比如，同志间讲理想，会背党章词句还不够，应该具体地表达自己的追求与向往，叙述一己的感动与感悟，并分解为阶段目标加以落实。再如，学习白求恩，对同志极端热忱、对技术精益求精。患者千里之遥挂了号来，医生面无表情，三言两语打发了。政治学习时，甩理想信念、群众观点等大词儿时，不晓得其表情是否自然。

事物总是具体的，先进性是历史的，具体的；理想信念、以人民为中心、四个意识、四个自信、两个维护，等等，都是具体的，也是切近的，坚持这些，需要身体力行；以前开展“三讲”教育时说，“一具体就深入”，显然是有道理的。政治学习，党的生活，乃至同志交往，还是要多一些真诚，多一些实在，在新时代的大潮中纯粹我们的品质，做一个有益于人民的人。

# 思想者

一段时间，电视剧片名多涉“之乎者也”，单说这“者”，《仁者无敌》《勇者无敌》，波及电影《革命者》等，简直无“者”不成书。

这里，我加一者，即思想者。并非介绍法国罗丹的《思想者》，那象征但丁的著名青铜雕像，那寓意深刻的经典作品。而是提倡如毛主席教诲的，由古语“心之官则思”引出的“多思”，“放下包袱，开动机器”，以理论联系实际，获取思想果实。所谓烂漫的思想政治之花结出丰硕的成功之果。思想的懒汉，随处可见，那些搞形式主义、官僚主义的同志就可以划入这一类。不假思索、人云亦云不好，满足于背诵词句，不能联系实际也不好。要做正确思想指导下的乐于和善于独立思考的思想者。

当然，这里说的独立思考，并非当下有些人所标榜的“独立之精神，自由之思想”，真理走过一步，就可能成为谬误。我们提倡的独立思考，是在当代马克思主义最新成果——习近平新时代中国特色社会主义思想指导下，做理论联系实际的思考，拾取思想的果实，以武装头脑、指导工作，推进改革发展稳定，建设社会主义现代化强国，实现中华民族伟大复兴。而思想的懒汉和行动的懦夫一样，都是不堪大用的。

平时我们说某某人有思想，其实就在夸赞他以马克思主义思想为指导，坚持理论联系实际，取得思想成果和实践成绩，也就是我这里说的做新时代的思想者。此事尽管不是那么容易，但只要努力，还是可以达到预期目标的。我们队伍中这样的同志多起来，事业才有希望呀。思想者，多么荣耀！让我们都来做一个有思想的人，服务于人民，服务于社会。

邛海的早晨

# 温度

发表一篇文章，人们夸赞他文章不仅有高度、有深度，还有温度，于是不免内心得意。

文章有温度，好办；仿佛可以仿效梁启超，所谓“笔锋常带感情”。而为人处世有温度，特别是年轻干部为政一隅，对待群众有温度，并通过实绩彰显出来，就不一定如写文章那么容易做到了。

倘若为人民服务，就应以普通劳动者自处，就不能自视高人一等，这样生活在群众之中，就会有正常人的体温，不会让冷漠缠身，为人们所生厌、讨嫌。这样，想问题、办事情，才会符合初心使命，容易接近实际情况、符合客观规律，也才会做出有温度的事情，为群众所赞成所拥护。诚然，写文章有温度可以称赞，做事情有温度更应该称赞；如果仅笔下文章有温度，而做起事情来，眼中无群众，心中有私念，一副冷面孔，那文章的“温度”也就是虚假的了，还谈什么有温度。这样看来，远离群众，办事情没有温度，文章的温度也就大打折扣了。

在人民群众中间，做一个有温度的人，是新时代对共产党人的必然要求，也是一代青年肩负的光荣使命。

# 感觉

感觉，是认知过程的开始，没有对事物的接触，没有感性认识，不可能进一步上升至理性认识，就难以完成对事物本质、客观规律的认识。这自然是生活和社会常识。

说到感觉，我想到改革开放初期一首流行歌曲《跟着感觉走》，苏芮演唱，那英也唱过，蛮好听的，于是不少人都跟着感觉走，有梦的感觉、享受自由的感觉、寻觅爱情的感觉、拥有希望的感觉，等等。芸芸众生随大溜，多少有些盲目乐和，改革者则摸着石头过河，探索前进，他们知道，善于总结经验，就可以取得规律性认识。人们跟着感觉走，曾经挺快乐的。感觉里有坦途也有崎岖，有欢歌也有悲鸣，有人生百味也有爱恨情仇……

感觉应该是真实的，然而往往又不大可靠。古代寓言有丢斧子的故事，有刻舟求剑的故事，都是例子。于今，对同一事物，由于立足点不同、视野不同，甚至一己为人格局、情怀不同，感觉就可能不同，进而引发立场观点不同，对待和处理事物的方法也就不同。有时，我就奇怪，大家都说好都点赞的事情，一些人就是另外一种感觉表达，就是“愤青”本色，就是逆行千里，以示自己高明与高远，讥讽别人卑微无知，如何如何。面对这类自命不凡、高人一等的“知识分子”的高论，我只能临窗无语。

现在，我仿佛又在跟着感觉走，而这感觉则是置身百年未有之大变局、实现“两个一百年”奋斗目标交汇历史时刻，中国共产党领导下中华民族伟大复兴事业发展欣欣向荣、蓬勃向前的大势大运中，在新的一年开始的时候，我们拥有充满“四个自信”的美好感觉，准备迎接各种困难和考验，一起向未来，前进，前进，进！

# 批评

党内同志过组织生活，要开展批评和自我批评，这是党自我革新自我完善的需要，如阳光、水和空气之于人一样，须臾不可离开；也是党的传统作风和政治优势，是党永葆青春、永远立于不败之地的根本。

关于开展党内批评，马克思主义经典作家有深刻的论述，毛泽东同志结合中国党的实践，更是有创造性发展，毕生倡导和规范正确开展党内批评，他的谆谆教导，至少我们这一代人耳熟能详。进入改革开放新时期，邓小平同志及时提出“批评的武器不能丢”。江泽民、胡锦涛同志对此也有许多论述和要求。党的十八大以来，习近平同志引导全党积极正确开展党内批评，以此为武器，全面加强和改进党的建设，提出许多新思想新论断新举措，使党内批评和自我批评空气日渐浓厚，党内政治生活充满生机，显示百年大党的蓬勃朝气。

在日常党的生活中，有这样一些思考，与同志们交流、切磋。首先，从保持党的先进性和纯洁性出发，必须强调广大党员干部要敢于正视缺点错误，积极地开展党内批评；组织生活会上，同志间要开诚布公、开门见山，勇于开展批评和自我批评。同时，批评要注意政治，批评又要注意实事求是。这是长期以来党内生活的经验。离开讲政治，同志间开展批评，就容易偏离正轨，闹无原则纠纷，不仅不能增进党内团结，提高党的战斗力，而且必然会损伤党的团结，销蚀党的战斗力。

这里，坚持实事求是，是双向的，对别人开展批评，要坚持实事求是，对自己进行自我批评，也要注意实事求是，须知批评同志不实事求是，不负责任地讲些道听途说的东西，还滥用“有则改之，无则加勉”，这样不仅对别人没有帮助，还会无形中伤害同志感情；过头的自我批评呢，一时觉得“彻底”了，回过头来，则可能会反悔，认为自己小题大做，事实有出入、上纲离谱了，这样显然不利于正确认识自己的缺点错误，也不利于改正和克服缺点错误。

开展批评，坚持实事求是，就要注重分析。在尊重事实的基础上，对缺点错误进行科学分析。毛主席讲过“分析好，大有益”。实践马克思主义的唯物辩证法，坚持具体问题具体分析，尽量防止片面性，不仅分析出现缺点错误的原因，还要寻找解决问题的路径和方法。

时代在前进，事物在发展变化。关于开展批评的这些想法不免肤浅，供参考罢。

# 问雾霾

我欣慰于这些年北京空气质量的改善，我知道这是生态文明建设的成就；然而，一些时候，譬如“两会”期间，我就心里打鼓，万不要出现污染，可老天偏偏就不给面子，轻度污染，中度污染，重度污染，毫不含糊，让人好不窝心！自然，气象部门总有说法，我想听的则是环保部门的说辞，却往往难以获得。相信是老天的问题，“人定胜天”、可以控制雾霾的发生，这至少在目前还是一个神话，或者童话……

那么，就可以为此“躺平”吗？当然不可以，从中倒加深了对环境治理长期性、艰巨性、复杂性的认识，坚定长期作战的勇气和信心。大自然有其发展变化的规律，违反规律会吃苦头，但在自然面前人们又不是无能为力的、无所作为的，加强生态文明建设，打响蓝天保卫战，毕竟成效显著，想到这里，“两会”期间天空的雾霾，又是可以忽略一下，待晴明天气重现，伴以鸟语花香，一切又重归美好了，——蓝天白云的景致终究是普遍了啊。

# 久违了

久违了，这轻度雾霾，仿佛变得陌生的朋友，我望着窗外景物，灰蒙蒙的天空，模糊的街树，多少有些心神不宁。

疫情起伏，北京几个区都发生情况，虽然人数不多；秋之将尽，入冬雾霾会卷土重来吗，或时不时地以“轻度雾霾”扰乱我们的好心情。自然，漫长的日子里，我们曾经与雾霾为伴，轻度，中度，重度，苦闷与无望萦绕于心；记不得从哪个早晨起，终于雾霾消散，日朗风清，这是党领导我们打响蓝天保卫战的胜利成果，想到这里，信心就来了，今冬雾霾也许不可避免，但已往那种肆无忌惮，那种席卷宇内的景象不会再出现了。有十八大以来的生态文明建设的伟力，对此我们充满自信。抗疫更是“风景这边独好”，党的领导砥柱中流，众志成城，举国之力送瘟神，现在的起伏，不过是战疫常态，我们从容面对，施策有方，同样是信心满满，不须惶惑。

这样想来，心情就好起来了。世界百年未有之大变局，人生漫漫长征路，哪里会日日欢笑、夜夜笙歌，多少一些困难与烦忧，扰乱不了我们前进的步伐，因为我们懂得：人间的一切美好，人生的无边喜乐，终究要通过奋斗去获取，而为中华民族伟大复兴不懈奋斗，正是我们高扬的旗帜！

# 装

装，不是“装台”，前些时热播的电视剧，几个陕西（西安）人，张嘉译、尤勇、阎妮等，吼着西安话，演绎一个充满烟火气的温情故事。而是讲为人要本分、老实，不要“装”，不要扮演大尾巴狼的事情。

凡浮躁之风起处，就会有人“装”：前些年，有的干部不知用什么方法，一个个顶着“博士”帽粉墨登场，书读完了吗？论文是自己做的吗？讳莫如深，隐形尾巴却翘到天上；有的学者招摇过市，东抄西拼，竟不时发表新论，哗众取宠，蒙骗群众……，诸如此类的现象，常常使人恍惚，以为在读新版《今古奇观》，这里就不多说了。

还有一种“装”，没有那么丑，是不懂“装”懂，或无才“装”斯文，是为了保持可怜的“架子”。

这样往往会闹出笑话，大家都不自在。这种“装”，好克服，一是多出几次笑话，可以促其改弦更张；一是与群众打成一片，“架子”自然掉下来。

我们都是实在人，为了一个共同的目标，想跟着奔事业，说话有一说一，有二说二；办事，能力所及，努力奋斗，水平不够，勉力提高，千万不要“装”。相反，脚踩在地上，一步一个脚印，不玩花活，不言虚套，这样，彼此都舒服，相互有真情，那该多么好！

# 说工匠精神

一段时间以来，党和国家提出弘扬工匠精神的意义。事情往往是这样，一个人可以平庸地度日，粗糙地活着；也可以于平凡的劳动中有所进取，有所创造、彰显才能，开启精致的人生。我们常激励年轻人要有崇高理想，远大抱负，这当然很对，同时，也应当引导他们务实创新，一步一个脚印。所谓“千里之行，始于足下”，起步之时，尤其应该倡导工匠精神。

有问题，查“百度”，关于工匠精神，其词语解释比较完整：“一种职业精神，它是职业道德、职业能力、职业品质的体现，是从业者的一种职业价值取向和行为表现。”“基本内涵包括敬业、精益、专注、创新等方面内容”。

这样说来，有无工匠精神，关系到一个人的道德品质，价值观，人生观，关系到立足社会，能否做到对社会有贡献、能否成为一个大有益于人民的人。

现在，各行各业都在讲为中华民族伟大复兴而奋斗，考察其作为，情况就千差万别了；心浮气躁，仅嘴上功夫，人前终究不能持久，敬业，务实，钻研，创新，在实际工作中做出成绩，才能获得人们的赞许，才能实现人生价值。

# 惜福

人老了，衣食无忧，就是福分，倘不自觉、依然生发非分之想，四处伸手，追名逐利，一般地说，就是身在福中不知福，生作哪。个中道理并不深奥，体会去吧。

人到中年，负重前行，自然多苦辛，然于今时代前进、已入小康，人们生活水平有差别，但一样衣食无忧，姿态光鲜，脸上常带笑容，也是福分，不可不珍惜。

青年朋友就更令人羡慕了，或学历诱人，志向远大，管他书山学海，自有恒心韧力，或已在岗位施展才华，合力同心，持续奋斗。公务往来，诸多考验，职场风云，种种历练，然青年是生长的碧树，时代的骄子，百折不挠，甚至随时可以从头再来……

这多归纳，这多点染，无外乎想说，置身新时代的阳光下，应当惜福，这福分是前辈持续奋斗得来，我们还要继往开来，赓续优良传统，不懈奋斗，为后人造福，为实现中华民族伟大复兴中国梦而贡献自己全部智慧和力量。

凡事怕比较，学习历史、总结经验之重要，对于一个政党一个国家是这样，对于一个普通人，也是这样，想想改革开放前后的生活变化，回顾新中国成立以来的历史发展，回望自鸦片战争、五四运动，中国共产党成立以来的时代变迁，再感受步入新时代以来的发展变化、新鲜经验，对比今日与前辈生活状况的大不同，不是应该惜福、惜福、再惜福吗？

# “时有所见”及其他

早年我在机关办刊物、写言论，有时采取归纳法，罗列现象，往往缀上一个分句“时有所见”云云，以为比较妥帖；您看某种不良现象的存在，不是个别的，也不能说是普遍的，那么“时有所见”的表达，就比较符合实际。表述上模糊是模糊了些，但因为得体，也就模糊得可爱。

还有一些语言表述，如“多少”的表达，在领导干部的工作报告中，诸如很多人与许多人、少数人与极少数人、多数人与绝大多数人，等等，都是有量的差别和程度的不同，宜尽量准确些，当然，依据只能来自调查研究。

窃以为用语随意（还不要讲说话随便），是领导干部工作中一大忌，特别是工作报告之类正式文本，条分缕析，字斟句酌，这功夫该花还是要花的。反对形式主义，自然包括防止“文牍主义”，事无巨细，通通拿文本来，陷入事务主义和繁琐哲学。而必要的文件写作，一般也应提倡简短、充实、精准，文风朴素，特别是在基层。当然，重大文件，各类规划、条例等，显然文字短不了，但准确、鲜明、指导性、可操作性的要求同样是严格的，这就是为什么往往要反复征求意见、反复修改，慎重出台的缘由。

这里顺便道一声：从事文秘工作的同志辛苦了！

# 真诚

人际交往，我崇尚“真诚”二字；也许时下人群中太多浮尘，真诚譬如朝露，惟嫌其稀少而不能久存。

“真诚”，释文可能繁复，我则宁愿直观地解释为真实和诚恳；多描述一个人的品质和操守，其为人处世的基本态度和行为，是一种美好，一种人间珍宝。想想您身边同事，远方朋友，年迈师长，初见访客，他们眉宇间的表情，言语中的音韵，一定都传递着真诚，那暖彻心扉的情感的真实与坦诚，这一刻，您为幸福的芬芳所笼罩，不禁发出慨叹：人生多么美好！

也会有不悦，即遭遇“不真诚”，诸如多年老友撒谎甚至做局，诓您出场，让您尴尬以至难堪；或当面承诺某事，且信誓旦旦，过后泥牛入海，渺无音讯；或平时称兄道弟，一旦遇到困难求助，则装聋作哑，甚至电话失联……要么交友不慎，要么歌儿里唱的“社会很单纯，复杂的是人”，市场经济负面效应的腐蚀怎可低估！

一个人缺乏真诚，朋友受其扰毕竟是一己的难堪，而放大至社会，特别是公务员队伍，就不可小视了。德才兼备，以德为先，古今一律。今日为“官”之人，乃人民公仆，人嘛，第一要真实，心口如一，表里如一，藏奸耍滑之徒怎能做到全心全意为人民服务？曾经饱受贬斥的所谓“两面人”，其堕落的起点，也许就这个“不真诚”。

春天了。在我们拾捡种种美好时，请把真诚捧在手心，呼唤和放飞，让我们的心灵更纯净，更美好，一如这满园春色！

# 大众、小众谈

于今，我们想问题、办事情，当然应该处处从大众即最广大人民出发，群众的利益、群众的诉求、群众对美好生活的追求，包括文艺创作、文化产品为广大群众喜闻乐见，等等，这是共产党人初心使命所要求的。

那么，可不可以有小众利益、小众趣味、小众审美需求呢？窃以为可以，小众也是人民，也是群众，也是新时代社会生活的参与者、推动者，只是在接受社会事务、一己的兴趣爱好等，有些特殊性，与绝大多数人相较，或人生心志“高远”，或审美趣味“高雅”，这一小部分人跟那大部分人明显有所差别。

差别就是矛盾。社会宽容，允许这小部分人群“标新”与“前卫”，事实上他们的许多健康的言谈和行为，给大众生活增添了色彩，丰富了文化内涵，当然，也有所谓小众之声无视大众疾苦、困于象牙之塔，或以所谓专家学者“优势”，嘲弄进而蔑视人民群众，故作惊人之语、发社会预言，不免自不量力，需要适时予以教育。

大众，人民大众这个词，我们熟悉；小众，就不那么熟悉，不那么明晰了。有人引经据典，说古籍《公羊传·桓公十六年》《史记》都有“小众”一词的表述，也不知那“小众”与时下说的“小众”含义是不是一个意思？我没有古籍底蕴，自然弄不清，但从词义讲，大约不会等同吧？

其实，我今天要讲的，还不是这些，不知为什么，写来写去，“跑偏”了，下次再入正题罢。

# 小众、大众谈

前文是“大众、小众谈”，这次的题目仿佛《西游记》中孙悟空变为“空悟孙”，其实不然，实在是希望小众远避“轻狂”，襟怀“人民至上”，设身处地为大众立有“烟火”气之言，多做一些实干兴邦、造福大众的事情。

从实说，我没有接触过小众人群，一点感觉是见网络上以小众姿态发表的高论而发生的；小众文字可爱之处，多有“小资”味道（自然，也有“大知”品味），楚楚动人，又远离“粗鄙”，如读散文诗，当然也会有别样格调，依稀“愤青”色彩，还有种种时政宏论，则不忍卒读……可爱不等于正确，更不等于可以自命导师，为人指点迷津。这里，虚心愈显珍贵，自大方觉低级趣味。

其实，我是想说，眼下小众作为，在深入实际、投身实践过程中，编写一些诸如先贤艾思奇《大众哲学》一类，面向大众的、深入浅出的、富有实用价值的高水平著作，诸如新的《大众哲学》《大众经济学》《大众社会学》《大众心理学》《大众生态学》，等等，这是时代前进的需要，政治建设经济建设文化建设社会建设生态文明建设乃至党的建设的需要，是人民群众迫切的需要，当然也是小众自我革新自我完善自我提升的需要。

大众与小众，都是人民群众，“小众”这词也许可以下架，自命小众的人儿可以去其矜持，归于大众，大家携手共进，去创造祖国美好的未来。

# 表里山河

好朋友推荐我看新歌视频，于魁智、李胜素演唱的《表里山河》，京腔京韵，高亢明亮，又婉转悠扬，强烈刺激着我的视听，同时，歌词内容大开大合，丰富华美，展示大美山西的自然风光之最与人文积淀之厚重，我一时心动，浮想联翩，这是一篇三晋大赋啊，从远古垂至今朝！

“人说山西好风光”，自1950年代就在全国传唱，可以说家喻户晓，我小时候也喜欢唱。后来，1960年代，我在山西生活了几个月，体会到了那里的饮食起居、文化色彩与历史传承，也开始知道那表里山河的自然特色。

改革开放以来，逐渐兴起山西文化旅游热，我也走过许多地方，大同云冈石窟，应县木塔，北岳恒山，五台山，平型关，绵山，平遥古城，王家大院……这聚宝盆一经打开，珠光闪耀，人们在游走之间承受文化甘露，体会历史之重。再后来，听说娱媒业暴发，老板挥金如土，干部中一些意志薄弱者纷纷落马，不禁让人感到愤懑！大美山西蒙尘，虽一时之难，亦惋惜不已。现在，看画面兴旺气象、处处欢声笑语，知今日山西雄飞高举，美好未来在望，心里也不由得乐滋滋的。《表里山河》好！这样的歌曲，只嫌其少，不厌其多；既有新风吹，又有民族风，我们的文艺工作者长长志气，显显风骨，添添底气，走出自满浮躁，告别陈词滥调，为新时代谱写更多壮美的歌曲！

★脊梁

# 第三辑

# 行走大地

# 洛川来去

我与洛川有缘，记得十届政协期间（时为全国政协委员），我应邀去洛川参加党建调研活动，第一次到洛川，认识了组织部的同志、政协的同志，自然也有县委县政府领导同志；后来遵命为那里的两本书作序，以及文化方面的事情，再次去洛川，更多地接触了基层干部和乡亲们。就这样来来往往之中，从这片高塬黄土地上汲取了思想和文化的营养，也识见了难忘的人生坐标。

洛川苹果，久负盛名，其70多年的栽培史，简直就是一部洛川人民在党的领导下实现致富梦想的奋斗史，其间涌现多少英模人物，特别是“陕北苹果之父”李新安的感人事迹和精神，为一代代人所传诵，永载史册。我为《金土地红苹果》一书作的序，题目“洛川的苹果红了”，后来在《人民日报》发表。另外一篇序，题目为“理想之光、创新之美与快乐人生”，是应邀为《高塬丰碑——缅怀李新安王兰畔夫妇》一书所作。作序，并非简单的文字流水，通过阅读书稿，进而实地考察，听、看，学，思想受到启迪，文章才会有一个坚实的起点，并期望有所升华，有益于社会。

★洛川苹果红了

# 传奇

洛川有 60 万亩土地，其中 50 万亩栽着苹果树，而这所有的苹果树与一个人的名字紧密相连，这个人几十年间在黄塬上演绎了一个传奇，他就是被誉为“陕北苹果之父”的农民园艺师李新安。

70 多年前，洛川没有苹果，少年李新安于一个偶然的机会亲眼看到、亲口吃到红苹果，他立志要在家乡栽种苹果树，让乡亲们都吃到苹果。1947 年，青年李新安赶着毛驴车，从河南灵宝县载着 200 棵苹果树苗回村，开始了苹果事业。新生事物从来都是艰难生长。李新安的奋斗，从突破旧观念、成功栽活一片果林开始，进而或刻苦自学，或外出求教，然后以身示范，免费培训村民，引导大家共同致富。期间，在漫长的岁月里，李新安得到党和政府的关心、支持，也遭遇过不公正对待，他始终心似朗月，埋头苦干，一门心思栽种苹果，而不顾身前身后名。李新安于 1983 年辞世，他不是共产党员，后来当上省政协委员，他对待群众，对待党和人民事业的赤子之心、一脉真情，传之久远，天地可鉴。群众对他自有不尽的怀念，洛川县城建有“新安广场”，夜色降临、华灯初放，我曾徜徉其间，回望李新安的生平事业，不禁心如潮涌，生出由衷的敬仰……

# 剪纸

民间剪纸，四海之内处处有奇葩。这里单说洛川剪纸，说说又一个传奇，就是李新安的夫人王兰畔的剪纸艺术。

那年在洛川阿寺村，在李新安女儿李素芹家，一个窗前有果园的房里，在她朴素的介绍下，我们饶有兴味地欣赏着她母亲的剪纸作品，那实在是大开眼界，感到美不胜收。王兰畔的作品线条简括、古朴，洋溢着浓郁的生活气息和斑斓的乡土色彩，既写实又浪漫，充满奇思妙想；尤其是那人或马两只眼睛刻在脸的一侧的变形艺术手法，令人联想西方画坛巨匠毕加索的绘画作品，这种仿佛“共振”的现象真是神奇。据介绍，王兰畔的剪纸艺术当时已知名海内外，她曾应邀去北京为工艺美术学院讲过课，国外的艺术家曾专程来到这黄土地，对她进行采访、观摩。我在她家看到许多这方面的照片。

王兰畔的许多作品都是表现果园生活的，从春天剪枝到秋天摘苹果，画里画外透出她对苹果栽培生产劳动的熟悉和热爱，她对亲爱者李新安的事业的认同和支持。我不由得想到，李新安与王兰畔这对夫妻，真是天作之合，太美满了，太让人艳羡了。李新安晚年说过，我一生都从事甜蜜的事业，一是种苹果，一是养蜂，而王兰畔的剪纸就是描绘李新安的劳作与追求，赞美平凡的劳动，赞美怀有梦想的生活，夫妇唱和，流淌着甜美的音韵。

末了，还要补几句：李素芹也是一位声名远播的剪纸高手，有母亲的传承，也有自己的开拓，成绩斐然。那次见面，她现场为我们表演剪纸艺术，告别时，她将作品送我们每人一幅，留作纪念。此外，她还单独赠我一幅她母亲的剪纸作品，说是答谢我为洛川的书作序。

# 说不完的洛川

那些年，我常念叨洛川，想洛川，写洛川，逢人就介绍洛川，洛川历史（党的洛川会议与抗日救国十大纲领），洛川风物，洛川苹果，洛川人。人杰地灵啊，故事绵长！

同时，我写洛川的诗文不断：《洛川的苹果红了》《到洛川》《功臣树》《访》《那一川苹果红》《过黄陵》《黑木沟》等，陆续布诸报端，收入书刊，洛川的话题燃烧着我，朋友们与我一起兴奋，一起燃烧，以至筹划影视创作……那些快乐的日子，实在令人难以忘怀。

十几年过去了，现在的洛川怎么样了？这些年，由于种种原因，加之我日渐衰老，与洛川的联系中断了，然而我的惦念，不免在静静流淌的岁月之河溅起涟漪，且隐约飘过回声。洛川苹果还是那么品质高贵吗？阿寺村李素芹还好吗？洛川又增加了哪些建设？高塬独特的景色，和我见过的纯朴的人们该更加美好罢。

# 湘西记忆

大约是1994年夏，我去了一次湘西，任务很神圣，受命带一支调研组，就农村基层组织建设状况进行调查。我们组有全国妇联两位领导，还有一位是我们组织局的一位处长。逢大事，带队不容易，这里具体工作情况就不表了，单说一次路途遇险，可见工作一斑。

那天已近中午，我们在湘西大山中赶路；忽见前面有情况，停车观察，原来一些人在打捞掉下山崖的卡车，又是吊车，又是铰链，人们无语，气氛沉重。待我们重新上路，话题从路况到山区发展到党建，如丝如缕。当时我们分乘两辆小车，妇联的两位领导，由省委组织部W副部长陪同，走在前面，我们两位乘的车跟在后面。走着走着，突然发现前面的车在峰回路转处，车轮碾起一道白烟拐过，觉得好像有点情况，但车依旧飞驰而去，也就无须担心了。

到了目的地桑植，因为已过饭点，大家赶忙就餐，这时发现W副部长没有来，说是有事，让我们先用。

餐后人们告诉我，副部长路上受到惊扰，病了。

原来路上重新上车赶路后，前车转弯时，一本杂志掉下，司机猫腰拾捡，那一瞬间，车轮已贴悬崖边缘，我们在后面看到的那一缕白烟，即是险情报告……W副部长受惊、后怕，则是责任使然，倘出意外，人车俱毁，那该如何交代？

俱往矣。那时虽然条件艰苦，但有湖南省委和各级组织部门的支持、协助，我们亦格外努力，终归是圆满完成了任务；后来产生的几个部门联合下发的关于加强和改进农村基层组织建设的文件，也有我们的平凡劳作在其中呢。

# 归来的诗

湘西归来，有诗发表。

不妨一读这首《告别湘西》："又一次走进大山，/ 沸腾着山的情感；/ 故乡的山道宽了，/ 虽然，汽车还开不到山巅；/ 老屋的粮缸满了，/ 虽然，开销还要过细结算；/ 妹子的衣着变了，/ 虽然，还不如城里人鲜艳……// 又一次走出大山，/ 放不下山的惦念；/ 山外的世界近了，/ 依然隔着艰难；/ 沉重的背篓里，/ 那欢喜依然有限；/ 乡亲们的梦想近了，/ 这样等待支援……// 我将山的惦念，/ 写给儿时的伙伴，/ 更将山的呼唤，/ 唱给山外的辽远：/ 一杯咖啡的消费，/ 也许微不足道，/ 加入大山的投入，/ 可以接通千家灯盏；/ 一曲歌厅的潇洒，/ 也许可以从简，/ 送给乡亲们的欢乐，/ 可以响彻百家校园……/ 面对餐桌上的五光十色，/ 让我们想想大山的期盼。"

诗自然不是上品，但有真情流露，至今仍可以回味。时间过得飞快，于今经过脱贫攻坚，新时代的湘西该面貌一新，然而奋斗正未有穷期，在乡村振兴的大潮中，更加美好的生活在向他们招手。

★走过贵州

# 秋之游走

这是我一首诗的名字，写在秋之黄柏山，这里介绍给大家：

“山中游走，/秋色斑斓：/一树一石/尽显成熟气象；/风劲云轻，/这多奇诡变幻，人道是/天凉好个秋，/秋之境况/岂止这般？//行者可赞，/重在发现。/自然之美，/耳闻哪如亲见？/山水之妙，/心领神会，/歌之，舞之，/其乐无边——/或化林涛吼，/豪迈冲霄汉；/或化流瀑飞，/凝为碧玉潭。//——为民祈福，/捧一把红叶，/祝四季平安。”

诗思流动，在秋色宜人的黄柏山中；北京回眸，定格于电脑宽屏，多少有些散文化，却解放了我一贯的诗式束缚，带来了仿佛云中游走的神思与快乐。此刻，指尖敲打键盘的音韵仿佛还萦绕在耳边……

这时节，秋色美好，随处可见，山间、河畔尤为抢眼；倘有余暇，还是争取出去走走，愉悦心灵的同时，还会拾捡到清词丽句，那诗文收获依稀可以预见。

然而，我真的可以出发了吗？

# 云之南

整理书刊，翻出一本诗集《亲亲的山水》，2000 年出版的，云南民族出版社，印了 2200 册。那时候出本书特别是诗集，挺不容易的，一想到亚光先生为玉成此事所作的努力、表达的情谊，心里就会涌动暖流。

这本诗集收入的 100 首诗，是游走湖北神农架和云南昆明、大理、丽江等地采集的，那次没有去西双版纳，所以在诗集云南部分写了一句题记“留得南天一片云，明日雨中写版纳”，作为备忘录；后来去了版纳，诗呢，竟然一首也没有写出。诗思过去了，就过去了，再寻灵动之鸟，飞去再无踪影。旅途邂逅朋友也是这样，见面“幸会幸会”，告别“再会再会”，倘不走心，或轻诺寡信，友谊之鸟也就一去不复返了。

人世间有一份纯真的友情不容易。因为年轻，不谙世事，对此往往不懂得珍惜。分别久了，不联系，朋友之谊，也会淡漠，但忘却是不可能的，那淡蓝色的花朵如标本，早已珍存心底。

《亲亲的山水》出版后，我的恩师姜华宣先生曾打电话说，诗集的名字，去掉一个“的”字，仅“亲亲山水”就够了，而且感情色彩更鲜明。是了，学生终不如老师，后来编诗选时，也就把这“的”字去了。（既然说到山水诗，这里录一首，为这篇微文作结。《锦绣画屏》：“春光绣锦，织就了这画屏 / 小石林，我可是画中那人？ // 不对了，画中应有阿诗玛，/ 绿绒绒的草地掠过马铃声。// 云淡风轻，石林一片寂静，/ 花间蝶舞，溅起缤纷梦境。// 美丽的故事，这仅是背景，/ 小石林，让我把脚步放轻。”）

# 大草原（一）

从今天起，我将以 10 节文字，礼赞草原，述说我的草原情结，我与草原相关的那些过去的事情。

首篇，自然是锡林郭勒草原，她的宽广、坦荡与清丽，曾经给我以涌泉般的诗情。

2000 年夏天，一个偶然的机会，我来到锡林郭勒草原；望牧草深深，花开四野，骏马嘶鸣，牛羊遍地，乳白色的毡房，古老的勒勒车，还有那丝带般飘动的曲河，悠闲的牧马人，不禁让人唤起诗意的联想。那些日子，我仿佛徜徉在梦境里，无论是多彩的乳牛聚集的海子边，森林与草地接壤的秘地，还是利剑削过一般写满英雄传说的平顶山，待梦幻消散，诗的种子开始在心中萌发。归来，一口气写了百首短诗，随后在锡林郭勒报副刊发了一部分，次年由江西百花洲文艺出版社出版，在我，无疑是一场大欢喜。这本诗集，曾送诗人火华，也是多年没有联系了，不想他逐篇看过，来信说仿佛啜饮一杯清茶，感觉很好。火华即经典歌曲《美丽的草原我的家》词作者，他的鼓励使我感到温暖。后来，一个场合，我把诗集送经典歌曲《在希望的田野上》词作者陈晓光（后荣升文化部副部长）请教，他说这些诗，可作歌词，请人谱曲传唱，还问我可认识内蒙古的作曲家？

锡林郭勒的过往，这样印象殊深，她给我的美的冲击，情的震

★美丽草原我的家

荡，汇集在诗集《抚摸草原》中，每当我心神不宁，情绪不佳时，都会重读那些散发着牧草清芬的宁静的诗行，从而得到心灵的慰藉，“草原，我的梦寐”“草原，我的天堂”“草原，我灵魂徜徉与歇息的地方”。

# 大草原（二）

《抚摸草原》里的诗，没有重大题材，多生活的牧歌。“花的原野，牧人的地毯，/ 正将民族风情铺向天边，/ 客从何来？百灵声声唱，/ 奶酒一碗表达真情永远”（《花的原野》）“勒勒车碾过的地方，/ 留下了岁月的印痕；/ 百灵鸟飞过的地方，/ 留下了生命的年轮；/ 世纪风从草地掠过，/ 谁在说骑手的命运？”（《世纪风》）“美不过草地的花朵，/ 亲不过牧人的酒歌，/ 我在马背上寻找诗句，/ 我在篝火旁颠倒醉卧”（《夏夜》）择句自然反映不了全貌，但牧歌的影子还是可以看到的。

一位 1980 年代知名的诗人翻阅诗集，以为这 100 首诗虽然是集中时间写的，但诗思的宽广，作品呈现的多样性，是可称道的。

生活是创作的源泉。游走大草原，新鲜的生活元素，新鲜的生活体验，加之调动生活积累，“情动于中”，就会有意想不到的收获和惊喜。若问，对于诗作者，这种体验和积累可以持续多久呢？永远，直到生命的尽头。恰似我在诗集题记所云：“思念如风，吹过我心中的草地，百年拂不去青草的气息。走到天边也忘不了你沾满露水的絮语，在湖畔，晨星碧绿。”

# 大草原（三）

2000年我游走锡林郭勒，并非第一次到草原，年轻的时候被分配到包头二机厂劳动锻炼，一待就是十来年；包头距伊克昭盟、乌兰察布盟都不是很远，我们以身在草原钢城自命，又以草原机械厂作为所在工厂于文学作品中的替代；你看，草原在我们心目中还是颇有位置的。乌兰察布有个百灵庙，去过，确有会唱歌的百灵鸟，惟嫌草原特点不明显。想再远些走，人说就赛汗塔拉了，那里有文学朋友，可以安排节目。于是，报告之后，我偕厂文艺创作组十数人，就欢乐出发了。好像彼时彼地正举办“那达慕”大会，我们这群文学青年如鱼入海，似鸟出笼，看到了草地，看到了赛马，看到了摔跤，喝了奶茶，吃了“手把羊肉”，还有敬酒歌、蒙古舞，欢乐了一阵子。

谁知道好景不长，返程遇到“财政”困难，大家都是年轻人，出远门没个算计，到集宁住下，从厂里支的钱用没了！如何是好？这时该算计了，大家商量，饮食节约，吃了一天面条（无菜），开始叫苦，实际是归心似箭，然而没钱买车票。看这情势，我只好厚着脸皮去借。集宁文联有个写诗的朋友，慷慨允诺，以出差名义向单位借款。待买票登车，才得知有两位写小说的，等不及了，跳栏杆逃票，人是侥幸走了，其中一位却扭伤了脚，回厂后很久才康复。

草原啊，你那绿色怀抱里该有多少年轻的梦想？

# 大草原（四）

锡林郭勒的天空，时常出现迷人的景象，那就是大朵大朵的白云堆积着，依稀凸显今日牧人的富有。旅居的那些日子，早晨起来走向广场，我的目光在云朵间流转，头脑里总会生长奇思异想。“云阔天低，我的爱起伏着 / 如阳光亲吻夏日的草地；/ 让每一朵云兴奋起来，/ 兴奋起来，兴奋起来，/ 随后，播洒晶亮的雨滴。”（《草原，我的爱》）一个过往的旅人尚且如此，生于斯长于斯的牧人该有怎样浩大的爱恋，对于这片广袤的草原？

草原是美丽的，草原又是娇贵的，她是关乎我们十几亿子民生态文明建设大局的通灵宝玉啊！当年游走草原还不甚懂这样的道理，现在则成为我一个不变的牵挂。

美丽中国，绿水青山，少不了草原的妩媚，锡林郭勒的记忆是岁月留下的一笔财富，我将珍存，我将广播。

# 大草原（五）

有一首歌，令人沉醉，那就是《呼伦贝尔大草原》，新一代草原歌王齐峰（敖日格勒）唱过，乌兰托娅唱过，降央卓玛也唱过，同一首歌，不同的演绎风格，都浓郁地表现了天边那一片大草原的辽阔、高远，牧人对家乡草地、高山、河流、云朵，那对母亲般的爱恋。我有幸三次去呼伦贝尔大草原，一次是从呼和浩特飞海拉尔，看了草地、森林，还有额尔古纳河；一次是去满洲里参会归来，在海拉尔乘机返京，短暂盘桓；还有一次，去阿尔山，多走了一段路，专程再看看呼伦贝尔的苍茫与辽远。一走进呼伦贝尔，耳畔就会回响歌曲《呼伦贝尔大草原》，深情，舒缓，使你不由自主地吟唱，仿佛投入母亲的怀抱。

草原，花的原野，游走其间，芳香四溢，心旷神怡；草原，歌的涌泉，流传的歌曲，人们最喜西部“长调”，好像有一首《六十一棵榆树》，听了令人震撼。现当代创作歌曲，也是一波连一波，旋律和而不同，多样化展示，一般优美动人，惹人喜爱，有的也是传之久远，《呼伦贝尔大草原》就是如此。

这首歌，意象灵动：天边，茫茫，蒙古包的“散落”，“雄鹰俯瞰”草原，“白云朵朵飘在我心间”……额尔古纳河——母亲，“草原母亲我爱你，深深的河水深深的祝愿”。

这些特点，是时下一些富有民族风情的创作歌曲所少见的。

呼伦贝尔草原，草叶柔软，花色鲜艳，一部越野车风驰电掣，阅尽草原景色，一路停车拍照，往往流连忘返，直到暮色苍茫。在我，走草原，已是昨夜星辰，呼伦贝尔草原之夜，篝火，烤全羊，酒歌与银碗相随，“兄弟，不醉不休，不醉不休……”

# 大草原（六）

呼伦贝尔草原的边缘有条河，名字叫额尔古纳河，这是一条界河，彼岸有俄罗斯人聚居。说来惭愧，我知道这个地方，这条河，是因为读了著名作家迟子建的成名作《额尔古纳河右岸》。她的作品样式，主要是小说，特别是长篇小说，以为她很会讲故事，文字清新、洗练，近作《群山之巅》中的故事，新鲜而奇特，又合于常理，引人入胜，厚厚一本，拿起就放不下。

那日，在额尔古纳（县级市），天气晴好，我们访问了俄罗斯民族聚居的室韦乡，拜访了那位知名的白胡须老者，用过俄式西餐，即乘船游览额尔古纳河，其左岸俄罗斯人欢笑着，在洗衣，钓鱼，游泳，不时跟我们招手表示友好……

额尔古纳还有个莫尔道嘎国家森林公园，属于大兴安岭，为了好好看这片壮观的林子，我们在仿佛有些摇晃的森林木屋（二层）睡了一夜。这里林木多样，第一次见识了秀美的红松；林区人说起挺拔的红松，一个个眉飞色舞，这是他们的心爱与骄傲啊。

# 大草原（七）

前文提到那次去阿尔山，多走了一段路，专门看草原（虽然只驻足大半天），那天雨蒙蒙，风也冷，我们衣着单薄，时间又紧，只能匆忙拍摄。恰巧遇见这一景观，切合我“天边”的意境，“天边有一片辽阔的大草原”，还有一首歌，好像就叫《天边》。

这应该是牧民的夏营地，毡包的房车在高坡之上，马儿在吃草，下面不远处有大片的湖水，羊群在缓缓流动，一时看不见牧羊人。静谧的草场，牧人的“天堂”，微雨中仿佛有诗之音画在无声播映。

曾经走向高坡，希望能拍一组牧民生活的风俗画，不想半路被主人截住，我们都听不懂蒙语，但那意思明白：不欢迎。于是只好作罢，只好远远地按快门，也是偶得，竟然拍出了“天边”，给人以悠远的向往，同时不禁吟唱“天边有一片……”

可惜那天雨丝不断，欠缺晴光，更不见云朵，照片终不得圆满。凡事总会有遗憾，这样也就很好了；又见草原，我心目中圣洁的草原，“我的心爱，我的思恋”！

天边

# 大草原（八）

那拉提草原——王淇作词作曲并原唱的歌曲《可可托海的牧羊人》里，感伤地唱到杏花开放的那拉提；故事就是故事，谁知道他述说的心上人在哪里？但王淇在春晚这一唱，天下人都知道“那美丽的那拉提”了，都知道那拉提早春的杏花了；其实，已往那拉提草原闻名遐迩，又有谁知道那个可可托海！

记得2005年，我在中央党校接受培训，半年学习结束前，随组到新疆调研，去了伊犁，考察了那拉提草原。这一看，同样是草原，那拉提与内蒙古东部地区草原大不相同；这里是高山草原，看起来感觉更加壮阔，牧草的品种也不同，这里的大都阔叶，开花，显得新奇而厚重，颇有深沉感，跟新疆的广大与雄浑相匹配。

那次因时间关系没有深入一步考察；据说，越往里走，景观越奇绝，草密花盛，营养着牛马羊，开阔着人们的眼界和胸襟。

王淇，辽宁鞍山（岫岩）人，我的同乡，如同于蓝、陈晓旭，均鞍山籍，虽然我与他不相识，但深知“梅花香自苦寒来”，他的成功来源于不懈的奋斗，来源于深入生活，勇于开拓。王淇这样的青年才俊不断涌现，恰是时代之光、人民世纪的生动写照。

我是这样渴望再一次新疆之行，春夏之交也好，秋季之旅也好，让我从容地游历，以晚年的旷达，或写意，或工笔，为伊犁，为那拉提，为祖国蓝天下的大山大水大草原书写烂漫的篇章。

# 大草原（九）

草原地理，上了榜单的四大草场，我已写了三处，即锡林郭勒、呼伦贝尔和那拉提。允诺用10节文字，写“大草原”这个题目，现在只余下两节了，想写高地“小草原”，一个是昭觉谷克德，一个是木里长海子（寸冬海子），都在大凉山彝族自治州。那么，先说木里。

木里为藏族自治县，在群山之巅一个倾斜的陡坡上。那年夏天，州委党校一位彝族小朋友受托陪我们去木里，虽海拔3000多米，大山连绵，山路多险，云絮狂野，实为少见，总还是平安抵达。县城真小，远处望去，在一片悬崖上趴着，怪可怜的。然而，生活在县城里的子民，做公务员的经商的务农（牧）的，乃至中小学生，安享太平，不乏欢乐，那么小的街面竟然还开发一个微型广场，大妈们晨昏歌舞不误。

次日，去看长海（湖），道路崎岖不说，雨后泥泞有加，不过七八十里路途，却走了好久好久，我这老腰也扭得相当可以了。长海子，其壮阔与深邃，名不虚传；主人在“埋锅备饭”（有厨房），我们则“以观沧海”，爬上绿绒绒的山坡，俯瞰四野，见牛羊散放，马饮流泉，高原湿地，水草丰美；转瞬山风来袭，吹皱漫漫湖水，我等披襟而立，默念“此乃雄风也”。

山巅漫步，望远天云起，一个个海子如明镜相套连环，脚下

★萨拉乌苏风光

花开，也不解这神秘的花草梦。归来无路，沿斜坡蹚路，我走在前面，气定神闲，回头再看，几位远远落在后边。等他们跟上来才知道，原来路上遇险，与蚂蟥作战，耽误了时间。这里有水就有蚂蟥的猖狂，叮到腿上吸血。我为什么没有遭遇此难？原来一行人游走，前面的过去，受惊的蚂蟥将身子竖起，往往第二个行者就会受到攻击。

离开木里那天，天气晴明，大家以为可以无忧而返，不想出县不久，即遇弯道塌方，滚石如瀑，等待清路。好在抢修得力，没有耽误很长时间。停车回望云絮中的县城，我在想，华夏子民生命力顽强，这样艰难环境，依然生生不息，而且乐观有为，中华文明的确值得深入开掘，以提高民族自信力，去迎接更加美好的未来。

# 大草原（十）

大凉山腹地有个“谷克德”，彝语“大雁栖息的地方”，一个诗意浓郁，童话般的所在。

前些年，我有缘多次去西昌，那里的彝族兄弟引我去昭觉，去布拖，去美姑，帮助我认识彝乡山水民俗，了解彝区人民在党领导下，设施精准扶贫的壮举，其间那不忘初心、艰苦奋斗的精神，鼓舞了我；同时从那片热土中，感受到人生的美好，汲取许多刚健质朴的品质。

谷克德，仿佛经常路过，那里地貌多样，令人印象殊深。海拔3100米至3500米，翠岗起伏，高山草原，高山湿地，高地云海，结构了奇幻的景观，吸引着远近游人，同时通过举办“火把节”等文旅活动，汇聚八方人气，对增进民族团结、推动经济发展、助力文旅交流和民族文化建设，多作贡献，这无疑是一方宝地。

那年5月下旬，朋友带我又去谷克德，车子在山间缓缓盘旋，羊群散落碧野，远处牧歌悠扬；峰回路转，忽见高坡上一丛丛一片片索玛花，白色的，粉色的，蓝色的，争奇斗艳。这时，大家下得车来，登上高处，俯瞰四野，恰有山风吹过，云朵游动，伴着沁人心脾的花香，人们恍如置身仙境。

正是这时候，我看到那位牧牛的汉子，他坐在高坡上，压低帽檐小憩，头上有云有耀眼的日光，脚下有路有牛的安详……于是，快门一按，存留了珍贵而隽永的纪念。

谷克德，大雁栖息的地方，有河湖之水，有高原草场，有年年盛开的芬芳的索玛花海，有结队举着小黄伞款款走过的美姑，有大呼猛进在乡村振兴大路上精壮的民族兄弟……此刻，愿我的短文如掠过高地的云朵，为你送去深深的祝福！

# 南行（一）

北方人，没有南行，对南方风物，不免怀有神秘感，尤其是岭南的海风椰树甘蔗林，天光云影共徘徊，那风情，那韵律，初见依稀把你置于梦中。

已往飞南方，不过是寻常事，广州、深圳、珠海，画个三角一游，参观新变化，接触新事物，交流新思想，归来不仅神清气爽，获得几多新知，还会拾捡一些清丽诗文，丰富内心世界，何其快乐。于今疫情困扰，加之年事已高，不得外出，着实有些不爽。想南方朋友多次邀请而不能践约，由不爽而升级郁闷，终无可奈何。

不能出门，可以加以想象。一晃儿，惠州又许多年未去了，其间该有许多新景致、新故事；也不知“南杨”（老部长）于今身体状况如何？酒，他自然是不能喝了，上次去时我尚能饮几杯，他携来“蓝带”两瓶，自己也仅用唇沾了沾，“达意”而已。现在，他恐怕连这个动作也免了。想当年，他豪饮名动远近，醉眼蒙眬之际，进厨房教我煲汤，那画面此刻清晰如昨。

一船游弋海上，看大亚湾电站，岸边那几棵树，风姿绰约，绿影婆娑，最宜作拍照背景；绕过那里，有惊涛拍岸，溅起浪花如雪，则又是一番景色！

还有那几处温泉，入冬正可消闲；山高林密，登临亦可远望，日出之时，磅礴心胸，一览江山如画！

南行好，最喜是惠州，那里朋友多，连同广州、深圳同行的诸位，执手亲切，温情似水，让我好不怀念！

# 南行（二）

还说惠州。惠州朋友多侠骨柔肠，这大约是历史文化的原因。这百年来，党的初创时期，这里有早期杰出的马克思主义传播者的活动，大革命时期有革命军东征的战场，土地革命时期，有海（丰）陆（丰）惠（州）紫（金）苏区，这是上了“毛选”的；再后是红色“东江纵队”纵横驰骋。这里是北伐铁军、抗战新四军军长叶挺的家乡。还不要说其他历史时期的种种英雄气概。这时代风骨，经铁血锻造、人民哺育，自不须多言。

倘论“琴心剑胆”，情致何来？自然山水，罗浮山、南昆山，风流才子苏轼丈量和治理过的水色山光若西子的惠州西湖，以及人文底蕴深厚、碧水长流的东江水……改革开放以来的巨变，这里已不及叙述，新时代的深刻变革包括生态文明建设的勋绩、崭新的城乡容颜，我还没有机会去领略。

在这样环境里学习工作成长的朋友，特别是组织部门党史部门工作的同志，怎能不英武聪慧而感情丰富，亲爱同志而广交朋友，为了共同的事业，携手共进，留存友谊佳话。

惠州的党史工作，诸如党史教育进学校、进社区等，曾创造一流业绩和宝贵经验，这里开过全国党史工作经验交流会，实在是难得的荣光。现在，党史队伍后浪推前浪，想来他们一定会有新的成绩，为党争光，不负人民的期望。

# 南行（三）

往日的朋友，凡随我去过广东的，都知道那里有我的一位老朋友L，说我们是对话只能听个大概（常常有误）的“莫逆之交”；他自然是没有耳闻，我呢，听过会心一笑，“是啊，对着哪”。

我与老L相识近40年了，他是广东南海人，方言重些，却不自觉；一次在部里一个大会议室汇报工作，参会人不少，中间被领导打断，“请讲普通话”！他站在那里，不无镇定地说道，“我讲的就是普通话啊”。于是，引起一阵哄笑。已往我差不多隔一两年就会去广东，去了他就要陪我到基层转转，退休后依然如此，几年不见，他就会来电话“春回大地，什么时候来‘南巡’啊？”他工作认真负责，讲原则而守规矩，待人诚恳，就是爱开玩笑，段子不少。我到广东，早年间住部里东山招待所，大家都是处长，都有实质性工作业务，他长期在组织处，与基层有广泛联系，人品人缘均好，联系的就比较深入了，后来他当副部长仍然如此，所以我说他在广东大地，是一张亮丽的名片，随时可以出行，不须提前打许多电话联系沟通。

这些年，也是年事已高，我南行的机会少了，与老友L也联系少了。记得最后一次见面，是多年前他陪我去广州从化老干部疗养院，那天傍晚有人请他写字，我发现他的书法已经相当了得，才知道他退下来后演习书法，坚持不懈，本来字就很帅，如今日新又日新，令人羡慕。别后偶尔微信问候（他仿佛不喜欢这种方式），还是希望我能到广东走走，看看那里的新发展新变化新成就。自然，也舒心饮几杯。现在疫情若雾霾，多点散发，时有时无。遥望南天，不禁叹息：老朋友，我们何时才能再见面？

# 游走海螺沟

诗与远方，从旅游角度看，也许是说远方有诗，远方有梦，一朝拎起背囊，登上车船，或启动座驾，喊一声“时间开始了”（胡风的诗句），远方和诗的向往就可以实现了。

那年，我正是怀有这样的美好，游走遥远的海螺沟。从成都出发，路平如砥，惟在泸定一岔口，因遭遇前方山体滑坡而塞车，误了一两小时，傍晚顺利到达目的地。隐约异域风情的磨西古镇，那时游客还不多，趁夕阳尚未沉没，我们寻找合适的高度眺望贡嘎山，虽然只是一角，已让我们兴奋不已。随后，参观了位于镇中的红军长征纪念馆，当年这里召开过重要的军事会议。下榻的酒店有硕大无朋的温泉浴场，这惊喜足可以消除一路劳顿。

次日早餐后即登车去看梦中的冰川雪峰。没想到这里统一乘坐的汽车是这样破旧，以至每次转弯我都提心吊胆；总算爬到半山腰，又上索道罐笼，才到预定地点。接着，租棉衣毡鞋，一番防寒防滑装扮，又有导游引路，迎接一个庄严的时刻。结果，天不作美，大雾一直不散，时间匆匆流去，为了下山安全，不能再等待了。于是，悻悻然离去。

海螺沟景观壮丽，多姿多彩，下山时从索道上看千年冰层裂缝，生动联想；山间云杉成片，可谓苍茫；溪流掩映的红石滩，片片猩红点缀远处的雪山迷蒙；还有那胖胖的导游姑娘，临别时脸上流露的因没有领我们与冰川见面的遗憾表情……是啊，这景物再多再美，终不抵千年冰川的“遇见”，那份神圣与庄严，那篇无字的圣洁诗篇！

告别海螺沟，是又一个早晨，依然有雾的天气。秋来机会这么好，却没有看到冰川“真身”，那么下一次——还有下一次吗？归来路途，我无语亦无思，冥冥中依稀与冰川默默相对……

# 星光

记得2019年深秋，我应邀去广东河源，参加关于土地革命战争时期红军坚持南方三年游击战争的纪念馆设计方案研讨会，归来在深圳短暂逗留，朋友们引我看一家网店，当时我还沉浸在回望红军斗争史的兴奋中，看了这年轻人汇集的场所、网红带货的窗口，观看了介绍短片，又兴奋起来，答应为他们写一篇歌词。

回北京，很快就交卷了。即《星光》："星光，星光，星光闪烁。/ 星光万里，汇成奋斗的长河。/ 星光是迷你的精灵，星光是你我，星光是你我。/ 啊……/ 天空有灿烂的星河，地上有创造的快乐；时代前沿，星光闪烁，看我们活力四射，绽放生命的花朵。/ 时代新人，创业路上，我们用青春和热血唱响岁月欢歌！"（这是第一版，后来修改的稿子一时找不到了）

发给他们时，我说：给你们写了一个歌词，以为可以随便找人或你们自己动手谱曲，以作"招牌"。他们看了都说好，说要找人谱曲，作为广告曲目。以后的日子里，那里一位小青年常发微信问候，表示敬佩，表示学习，就是不再提歌曲制作的事情。就这样，此事无疾而终了。

青年都是好青年，而且尊重人、懂礼貌，听说后来他们的事业发展不太理想，慢慢的，也就断了联系。可惜了我的一片苦心和那篇挺不错的歌词。

其实我懂，如今歌曲制作并非易事；就是有人慷慨为词谱曲，制作过程中请歌手，请乐队，租录音棚等，都是既耗时间和精力，又要花银子（不大不小的花费），小本经营，怎么做得了？

一次参加庆典活动，别人介绍认识两位早年间著名词作家，谈话间，他们说现在哪里写得起歌儿？言外之意，为此哪里去找钱啊。

# 诗与远方

那年，随新影制作中心组织的嘉陵江行，见前导的越野车漆有“诗与远方”字样，为拍摄大型纪录片《嘉陵江》考察团队壮行，一时不觉心动。远方之美，诗意绵绵；歌诗之美，仿佛又尽在远方。那次考察自嘉陵江源头陕西凤县，中经四川广元、南充，到重庆朝天门嘉陵江汇入长江，贯穿四省（市），行程千余里，考察沿江自然地理概貌、历史变革陈迹和经济社会发展现状，收获颇丰，受益匪浅。一江碧水，千里歌诗，历史文化琼浆玉液浸润着我们的胸襟，新时代的发展浪潮冲击着我们的心灵。千里之外，果然是诗思奔涌，相信有此滋养，主创人员一定会推出精品力作。

诗与远方，多是远方在呼唤，亦是诗意在呼唤。走出去，才会有诗意的满足，远方有梦，追逐梦想即是诗意的飞翔！想起机构改革，成立文化旅游部。人们说这下可好了，有诗又有远方，诗与远方自然是我们欣悦的向往。我们的事业，在切近，更在远方，大西北，大西南，再加上一个大东北，青年才俊自当“仗剑走天涯”，到远方去，到祖国最需要的地方去，与那里的山水结缘，与那里的人民融为一体，贡献自己的青春年华与聪明才智，为建设社会主义现代化强国而不懈奋斗，书写生命美丽的诗篇。

# 遇见

这些年，有些语汇颇耐人寻味，比如这“遇见”。平常的一个词，写到文章里，特别是缀到歌词里，仿佛一下子有了别样的况味。是“雅致”吗？不止。这类词儿，还有一些，譬如“目送”，再如“泪目”，表达起来似乎有些与众不同，“别致”吗？“高雅”吗？当然，也不能说“复古”，文白杂糅。总之，怎么有味儿怎么写，或曰追求新鲜感，也说不定。

那么，说“遇见”。

在国家电影局，遇见著名电影艺术家于洋了，这个遇见真是“遇见”，不记得几时第一次见面了，因为随后就在一起工作，常见面，这样反倒记不清“初见”（又是一个文白杂糅的语汇）的时间和当时的情景了。惊喜，兴奋，致敬，亲切，等等，“感情的潮水”（大抵是魏巍的语句）啊……这遇见，真是缘分，怎么会想到呢？

大家都在重大革命和历史题材影视创作领导小组，看剧本，讨论剧本，每次大约二三小时，谈完也就散了。我呢，历来守时，常常去得早，于洋老师虽是大家，没有架子，也是从来不迟到。这样，会前，我就有机会向他表达敬意，同时认真请教，有时也说些家常话。他知道我喜欢写诗，就说，他儿子也喜欢诗，是导演，很努力。前些年一个人在火车包厢里，因哮喘窒息而早逝……说这些话时，他语调平缓，神情凝重。后来，别人告诉我，于洋老师好不容易从丧子的悲痛中走出来。他太爱他的儿子了。过些时候，2007 年 7 月，于洋老师送我一本签名书《在大海里航行——于洋传》，封面是他的含笑的照片，那老来依然蓬勃的生命气象。

记不得哪年起，于洋老师不来了，多半是有别样的事情缠身，或年纪大了，家人感到他出门不方便，反正不管什么原因，在我，失去了见面的机会，也就失去了承受和风与暖阳的机缘，偶尔想起来，不免有些惆怅。

人海茫茫，与青年时代的偶像于洋老师“遇见”，实在难得，不能不珍惜，微信话语不可能写长，而这三言两语，怕是不够恭敬罢。今年的冬天格外寒冷，于洋老师多保重，祝福您健康、快乐！

第四辑

# 往事如风

# 故土

少小离村，还谈不上故土难离，如今耄耋之年，该有乡愁了。前些天，给堂弟打电话，询问老家“改造”的事情，他说还是老样子，没有什么变化。我听了，心里反倒松了一口气，就是说尚没有整体拆迁，如原来所流传的那样。阿弥陀佛，村在，故土就在，一旦拆迁（据说整体搬到河南岸，为一新楼群），故土也就没了，不是故土难离，而是故土难留，失去了乡愁！有时我想，乡村建设为什么不可以多些思路，比如我故乡的村子，本来是颇有历史文化底蕴的，周围一些村子都拆得差不多了，不可以留下一个作标本，诠释闯关东后人发展史迹？而且，这村子曾走出一位历史名人谷正荣，青年时代在北京院校求学，参加革命活动，抗战时期奔赴延安，解放战争时期随部队进军东北，在辽南一带地方任职；解放后，结钢铁情缘，在鞍钢任党委副书记、副总经理，文武兼备，写得一手好诗词。他村里的故居仿佛还在。

清末民初以来村中富宅几处，其建筑都比较讲究，其中有三进的“从古堂”，门前有两级上马石，东西走向大街两侧民居，均青堂瓦舍，中间有古井生辉、石槽饮马、吊篓打水，早早晚晚，人群熙攘，也是一道风景。南街另有故事，几处高宅大院，其中一座清末翰林宅院尤其有名。还有那村南的沙河水，村西的“庙改校”（刚解放时）等。仅这些，还没有保留的价值吗？倘恢复重建，开发旅游，不比动迁而盖楼群好?

我们的同志天天讲历史文化、开发文化旅游，却在盲目地拆拆拆，为那些崛起的楼群喝彩，实在应该冷静冷静，从实际出发，全面思谋乡村振兴大事，为人们多留下一些历史文化痕迹，为后人保留几缕乡愁。

# 再说故土

故乡早已不是记忆中的模样，记忆中的故乡譬如芳华少女，如今的故乡则是背驼腰弯的老妇人；街道坑洼不平，房舍低矮破旧，夏日不见街树风姿，冬天垃圾四处飞扬，猜其因，一是村建无规划（包括居民成分变化大），二是年年等拆迁，也不知村里改革发展可有人管？

已往数十年，运矿石的重载车从村中碾过，大路显然难以修复，人们只好忍受；河，上游企业洗矿的水注入，一色铁锈红……这些，都是村民为发展作出的贡献呢。是否有补偿？不得而知。总之，村容村貌已“惨”不忍睹，何去何从，无人挂碍。想到这些，乡愁已驾黄鹤去，此地空余一个“愁”！

然而，我们还是怀有希望，盼有事业心有执行力的领导，坚持以人民为中心的发展理念，以只争朝夕的革命精神，统筹推进乡村振兴大业，把事关人民福祉、事关子孙后代的事情办好。

故土终是故土，谁不依恋自己的家乡，谁不期待故土兴旺发达，同时以历史文化美昭示后人，为中华民族伟大复兴锦上添花！

# 还说故土

前文叙述了故乡的现状，友人点评“如此窘况，不得不拆了”，见了，心里不禁拔凉拔凉的，该不会一语成谶吧？

故乡村子拆迁，乡愁难寻。譬如这首小诗：“小时候，最喜河边看 / 杨柳，正清明前后，/ 新月如钩，柳条青青，/ 倒挂一串‘毛毛狗’。// 耳朵贴在冰面上，/ 听春水歌唱，一声声：/‘忘忧，忘忧’……/ 不知寂寞，不知愁。”（《看柳》）这些诗句，许多朋友喜欢；一位后来到苏州大学当教授的青年才俊，曾当面给我背诵过这首诗，表达一己的乡愁。我的一些散文，也浸润着乡愁，如这些描写：“夜深人静时分，溯河而上，来到有蟹出没的岸边，将备好的电石灯错落有致地摆在沙滩上，不久，蟹们一只接一只，缕缕行行，奔灯光爬来，傻乎乎地自投罗网，多么有趣。”这是描述打鱼捞虾之后的余兴。倘村子没了，这乡愁哪里依附？

以现在的思忖，我也不敢乐观，这村子大约逃不过动迁命运，周围所有的村子几乎都没了，所谓“覆巢之下岂有完卵”，拆就拆了吧，又不是李白杜甫曹雪芹的故里，去留有那么重要吗？也许目前拆迁资金没有到位，否则早一推为快。

故土还是故土，村子不在了，迁走了，仍然可以来到河边凭吊：啊，故乡！这是一片有故事的土地，几代人繁衍生息，留下历史文化印痕，留下不尽的乡愁！

# 故乡的河

我的家乡在辽宁鞍山市郊，叫陈家台。村子不大，位置好，背后有起伏的山冈，村前有河水流淌；这条河，不大不小，自清末以来（再远不好说），四季有水，从未干涸，流水西去，春花秋月，风霜雨雪，仿佛讲述着岁月不老、人世多变的故事。

记得儿时故乡的河，是清水净沙，我和小朋友们戏水的乐土。除汛期，河水不深，齐腰而已；摸鱼捕蟹，埋下头去，弄个“狗刨”，乐趣不尽。

当年听老人讲，这河里也发生过荒唐故事，说有财主打赌，谁把这煮熟的猪头吃下去可分多少银子；确有勇者应招，结果是猪头吃下去了，人受不了啦，坐在河水里仰天呼喊“老天爷啊往下行……”。悲哀，来自愚蠢，更来自贫穷！村里也流传有闹“胡子”，杀富济贫的故事。

近几十年间，我间或回老家，堂弟带我村里转转，感觉都不好；矿山拉料重载车从村中碾过，村路主干废了；村中房屋胡建滥盖，而且垃圾满街，完全看不出当年井然有序、古朴天然的村貌。河呢，上游矿山洗矿石的水汇入河流，泛起锈红，而且河面虽宽，积沙（人们在挖沙赚钱）堆堆，河水变成细流，看上去，可怜兮兮的。这就是我记忆中的母亲河吗？我在河床里穿行，心中藏有忧郁。

近几年听说情况有所改变，河道疏浚了，上游早没了红水，下游沙河古镇修了橡胶坝，造了一景……这也许是生态文明建设的新成果罢，但愿家乡的河永远沙明水净，每天给祖国一个笑靥。

家乡的河流，虽然是寻常一条河，也承载着历史文化，不知家乡史志如何记录这条河？这河的名字叫“沙河”，我们的母亲河！

# 神人

写过故乡的河，就该表我的伯父了，那是一位神人，有讲不完的故事。

许多年前，我出版了一本散文集《以春天的名义》，其中写了故乡风物，也写了我的诸多亲人，《伯父》一篇文字还比较长，其中一节，朋友们看了特别感慨，于是我将其送《光明日报》发表了。

那么，这里就不能写许多，单说这“神”。

听父亲说，伯父少小没念过书，也不在家务农，十几岁即离家出走，多年音信皆无；“八一五”光复，一天他忽然回村，原来他就在几百外矿山做工，归来一文不名，仅带回一破烂行李卷。说来也神，此时伯父能说会写，文史知识丰富，“讲古”说“东周列国志”，妙趣横生，引人入胜。

伯父归家，就搞多种经营，路边地种瓜，纵深处植棉，然后才是高粱大豆，少许玉米则种在房后菜地里。瓜田的劳作与享受，其乐陶陶，可以想象，这里就不说了。

一年，政府号召种水稻，别人还在徘徊，伯父的水田已经扬花，高产稳产，成为模范。市里邀他出席劳模会，他不肯去，不去就不去吧，却说了一句最不当说的，“连条像样的裤子也没有”。这可惹下事了，传来传去，变成与“帝修反”一个腔调，说中国人几个人穿一条裤子！不过，一个普通农民，还能怎么整？只是劳模的头衔不再提了，无论公家还是自己。

伯父八十多岁还在农村坚持劳动，儿子尽孝道请他进城养老，他不肯，他离不开黄土地，那里有他的耕地，有他的老屋，有他悠长的记忆，他的苦痛与快乐，也有关于他老的说不尽的故事。

# “事件”

说到南果梨，不禁想到少年时遭遇的一个不大不小的事件。

那年上初二了，正是浑不吝淘气的年龄；哥儿几个一合计，逃课到千山捡梨去，于是，一溜小跑，上了环行火车。鞍钢在市中心，而几十万职工多在四围郊区，很早就建了环市铁路，电动牵引，方便接送员工。那天，我们几个逃票混上列车，说说笑笑到了七岭子车站，下车走了几里山路，就到千山南沟了。那里漫山遍野是梨树，弯腰用手一划拉，树叶下、草丛中都是树上落下的梨。一会儿，我们的书包都装满了落梨，兴奋地哼起歌来。

谁想到，离开原地不久，斜对面窜出几个大汉，不由分说，把我们押解到一个棚子里，训斥我们“小小年纪，胆大包天，竟敢来偷梨”，同学不服，说没动树上的梨，是捡落地的梨云云。“还犟嘴？找打？”结果，没收了书包，把我们轰走。于是，只好垂头丧气地归去。接下来是学校的批评，家长的喝斥，不绝于耳。

南果梨没吃成，书包也没了，教训深刻啊，教训深刻！这该构成一个事件了，少年从此知忧患。

# 密友

近来比较闲，散步小歇，在平台花园亭子里坐着，阳光暖着，独自发呆。忽然想起一个故人，我中学时代的密友 H，一时心中五味杂陈，不觉空落落的。

H 同学喜欧美文学，什么司汤达的《红与黑》呀，罗曼·罗兰的《约翰·克里斯朵夫》呀，福楼拜的《包法利夫人》，等等，思想情感深受其浸润。反映到日常生活，讲究仪表，追求穿戴，长衣披裹，长发微卷，翩翩走过，仿佛他就是斯汤达，或斯汤达笔下的于连。因为同样喜欢文学，我们平时走得近，交换所读书籍，交谈读书心得，一段时间形影相随，简直成为密友。

然而我们俩，又是这样的不同：我从来不修边幅，衣着普通，目无旁顾，读书喜读鲁迅、高尔基，俄国近现代文学，不怎么读福楼拜、司汤达，感到他们作品的内容与我们的生活仿佛遥远而隔膜。奇怪的是，这些并不影响我们的亲密交往，课余时间，一卷在手，求同存异，海阔天空，滔滔不绝，我们总有说不完的话语。

1962 年夏高中毕业，我去了北京，他考入大连一所师范院校，开始我们书信往来频繁，后来慢慢地联系少了，以至于信息中断，再无联系。

好多年过去了，世事沧桑；听说他毕业回母校教书，颇受学生欢迎，其娶妻生女，生活安定美满。不想有一年传来不好的消息，他因男女之事（与在校女学生）犯罪入狱，我听了十分震惊。据说，他是被警察从学校带走的，在走廊里，我们当年的班主任老师赶忙拎过一件衣服，帮他把脸遮住……，听到这里，我深为我们老师的举动所感动，不禁潸然泪下。

又过了许多年，一次回家乡，我问到他的情况，老同学告诉我，早放出来了，在服装市场做生意，混得还不错。一天，由同学引领，我去服装市场看望 H 同学，他状态尚好，但话已不多，也没有回顾我们中学时代的友谊，只是说，年纪大了，跑不动了，偶尔在这里帮女儿看摊儿。

不知 H 是否还爱好文学，对已往的人生历程是否有过反思，今后的岁月还有哪些期待？

# 青睐

1960年代，中学里男生有体育特长的，不管功课好赖，一般都受女同学青睐，至少一部分漂亮女生。

运动会，同学们欢乐的节日。在我，则不怎么开心，因为同学们的目光都追随开始“有块儿”男生，尤其是早熟的女生，目光流转，热烈得让人似乎产生莫名的嫉妒。这很正常，体育应该成为人们的最爱，甚至高于一般功课，强健的体魄往往与健康的心理相关联，虽然不能反过来说，心理强大的人一定会有强健的身体。自然，这是我后来的觉悟。

还记得上初中时开运动会，我们围着跑道坐着观赛，几个女生在我身后比比划划，事后有同学告诉我，她们在量你的腰围——太瘦了。

高中同学，情窦初开，班上几位“体育棒子”颇受女同学青睐；其中一位T同学，到底吸走了班上最漂亮的女生S。毕业后T同学高考落榜，一时没有工作，去手工业合作社拉货讨生活，他们依然如期结婚，据说日子过得挺快乐。

我这人论体育，要啥没啥，游泳？不会；乒乓球？不会；就是最简单的跑步，现在也不能做了。关键是不喜爱，这与青少年时没有着意培养特长有关吗？

# 触摸

也许，触摸是最初爱的表达。妈妈的吻，如歌儿里唱的，那甜蜜吻，会如种子撒在幼儿心底，让母爱伴其一生。

爱的历程，因人而异，而触摸则一路相随。男女同学相处日久，忽然一天有意无意间手碰到一起，仿佛有触电之感，彼此异样的表情“来了”，可能羞涩地离开，也可能忘情相拥，滑入新境界。

大学时代，一次几个系同学外出活动归来，大轿车里，我班一男同学在扶手横杆上，把手放在不认识的女同学手上，就是“触摸”了；第二天傍晚，老师找他谈话，予以批评，没想到该同学回答“青年男女，人之常情，何罪之有”？这当然是狡辩，你的过错在别人不认识你，也没有得到人家的允许。爱的表达，首先应该是对别人的尊重，相爱是双方的行为嘛。

触摸是美好的，初见倾心，那触摸如电光石火，幸福的感觉可以受用一辈子，哪怕后来一朝分手。这爱的火焰，这发自内心深处的悸动，实在是人生际遇的神奇花朵。

问，倘这触摸，不管是有意的还是无意的，没有溅起涟漪，又该如何？回答是，你如年轻，请即罢手，因为你的爱还是模糊的，或意马心猿，不要辜负了别人的爱。

☆羞答答地绽放

# 往事

在北京，十月中下旬天气转冷，人们会相互提醒“添加衣服，注意保暖”。不是北京人矫情，关心天气，谈论天气，是社会进步的表现。

深秋的清寒，要数塞外了。1960年代末，我在包头居住，国庆节过后仿佛就进入冬季了，大家忙着挖菜窖或清理菜窖，准备购买和储存蔬菜，以备漫长的冬季生活之需。

菜窖倒也不难挖，车间工友互相帮忙，说说笑笑就完成了。而买菜呢，每年国庆节后，菜站就大批量进菜，主要是土豆（凭票限量供应），杂以萝卜、胡萝卜、大白菜等，集中时间销售，需要挨号排队。一大早冻得鼻涕拉沓，引颈远望，待到位了，过秤，装麻袋，那时真年轻啊，装有200斤土豆的麻包，拎起来往自行车后架上一扔，绳子捆好，——走！这就齐活儿了。于是家人一冬天的菜蔬，主要的，可以补充粮食短缺的土豆，就算有了保障。

有时我想，文学艺术美好，高雅，可以愉悦我们的心灵，给我们以精神力量，但日常忙于生计的琐碎事物，特别是困难时节解决吃饭问题，还是第一位的；人们谈论高雅事物、追求文艺女神，往往容易忘记最基本的东西，忘记衣食住行这个基本，甚至以为谈论这些不免“俗”，这是因为对社会生活体会还不够深，或不懂得衣食困难为何物。说到底，现在的人们生活太幸福了！

# 掺沙子

有个故事，不讲可惜了，讲了，可能会给你一个“阅历”。

“文革”后期，我在内蒙古一家工厂劳动锻炼一年多，被抽调到厂报当编辑。一天，宣传部领来两个车间工人，让他们参加报社工作，也做编辑；原来报社几位，大多为大学生出身，比较“板结”，工人进来，就是“掺沙子”了。社长是否有想法，不得而知，我们几个则无所谓啦。

从实说，这两位工人师傅还不错，各有特点；工人甲中专文化，虽然与我们不苟言笑，但看得出喜爱编辑工作。他每天从外面大报上选些词汇，写在纸上——卡在夹子上——挂在墙上，编写稿子时设法用上，用过这批，再换一张写满热词儿的，以显文采飞扬。工人乙呢，对文字就不那么感兴趣了，他的长处在办理外部编务与实施内部监督。人也蛮和气的，而且手脚勤快。自然，这是平常时候。倘发生情况，则气氛骤变。

一次我与年长我几岁的 C 编辑一起校对报样，马虎出了错，把“坚决支援……”变成“坚持支援……”，报纸印出，事情严重了，不由分说，宣传部召开路线分析会，帮助我们认识错误。该“沙子”发挥作用了，工人甲热词激烈，上纲上线；工人乙言词具体，说 C 编辑不把工人当人，到市报抄电讯稿，冰天雪地，让他用自行车驮他去（其实，大家都骑自行车去，C 编辑不会骑车，工人乙是主动要求骑车带他的）。他对我比较客气，只说“很少看他给大家提暖瓶打水”（其实也并非如此）。于是，我与老C相继作检查，好在没有背上什么处分。

“沙子”掺了好久，不记得他们什么时候撤走的。工人甲一去再无联系，工人乙还常来报社看望大家；印象深刻的，是他结婚时邀请我做“主持人”，我说自己性格内向，反应迟缓，又缺口才，不适合；他却执意要求我应承。那天出场主持，闹哄哄的，我也压不住茬，声嘶力竭，勉强收场。他则一再表示感激，以为有大学生编辑到场主持，很有面子。现在想来，他老家农村，退伍军人出身，骨子里还是羡慕和敬重有文化的人。

# 芳邻

说惜福，与一般意义的所谓知足常乐，还是有所不同的；进取精神的昂扬，对于各年龄段的人们，都是需要提倡的。我的“惜福”议论，实在是今昔生活对比的感慨。

20世纪六七十年代，我在塞外工厂劳动锻炼，恰30岁左右，娶妻生子，譬如新巢，举目无亲，四口之家挤在一个12平米小屋许多年，方便自然是不便，但也没有“水深火热”的感觉。这间小房，不是独立的；同一个单元有四间房，三家人计老少三代十几人居住，共一个入户大门、一个厨房（一个水池）、一个蹲坑厕所。您说难不难？

那时我刚出学门不久，不通世事，回忆起来，那两家都还表示理解，均为芳邻。证明之一，就是我们的孩子小，难免啼哭吵闹，扰人休息；厨房做饭，煤烟四溢，妨碍卫生；洗洗涮涮，各种气味……居然能够忍受，从来没有鄙视或争吵。那两家，一家是科技人员，南方人，生活比较优裕；另外一家是厂里中层干部，出入有范儿，也是待人友好。那样的年代，住房紧张，生活条件大体差不多（除非参加工作早，有所积蓄），大家具体工作没有多少联系，但住在一起，终年友好，和谐相处，于今思忖，实属不易。时下东北人吟唱的歌里“社会很单纯，复杂的是人”，听了心中不是滋味，明明是社会复杂，人很单纯，怎么会这么唱呢？也许现在都不单纯，社会主义市场经济，社会成分怎么会单纯呢？但我们有责任也有信心建设社会主义核心价值观，让全体人民安居乐业，共同富裕，社会和谐，这是我们终将实现的美好愿景。

# 写信

整理旧物，发现一件没有寄出的信（当然没有写完），写给谁的并不重要，那工整的字迹，那认真的语气和真情款款，此刻读来竟让自己感动了，我知道这是怀念那逝去的认真的年代，那真挚的书写记忆，那温馨的社会氛围……

自电话普及特别是手机普及，有了无所不能的微信（视频）使用，书信往来就距我们愈来愈远了；一切以快速解决，以至彻底告别私人纸质通信，这是得是失，是喜是忧，我至今没有想明白，总归免不了几缕淡淡的忧伤就是了。

传统书信的美好，其实是无可替代的；极而言之，譬如年轻恋人间的视频，表情再丰富、话语再热烈，往往给人以做游戏的感觉，而书信则不同，开头一个昵称，末尾一个“吻你”，加之文字间的底蕴，足让你神魂颠倒，以至不知今夕何夕。

现在，既然有人提倡慢生活，那么纸质书信是否可以回归，是否可以短暂放下手机，于晴窗前，铺一张素花信笺，执笔凝神，为至爱亲朋写一封书信？或热烈，或静好，或请解惑，或祈排忧，或表达爱意，一样的温馨可人，若秋菊芬芳，又百合飘香，那情景该多么好！

我知道，纸质书信大面积回归是不可能了，这里的一点文字不过是抒发冬日浪漫。盼雪吧！高空中降落的雪花雪片，依稀远方来信宽慰着你：春天不远了，让我们静静守候春天的花蕾。

# 腊月

进入腊月，就该办年货，准备过年了。丰衣足食的日子过久了，容易忘记过去，那些忧于衣食短缺、收入不富裕的过往。然而我不会，年轻时作难，那些尴尬，总难忘怀。

就说过年，平日里几乎天天吃玉米面，连熬粥的小米都没有供应，一点细粮仅插花着给孩子吃，那么大过年除了除夕包饺子，正月假期几天还要全家吃玉米面吗？于是，有人伸手帮忙，从街上饭店里买几十个白面馒头（按说，饭店里买馒头是要搭配炒菜的，哪有那么些钱），用面袋子盛起来，挂在窗外冻着，就是年货了。多大的人情啊，现在想起来还觉得臊得慌。其他的吃食，肉，大约每月每人半斤，是按户口本供应。好在特大型企业，总会办点福利，每年购得几十车皮带鱼，年前分配给职工，就是大家唯一的念想了。

至于大年初一，工友来家拜年，以及过年哄小孩的零食，饼干、糖果之类，则提前托人从北京、天津等大城市捎来，自己能做的，就是舍得一些油和面，炸些“馓子”，再设法买些葵花子炒出来点缀门面。那时孩子小，尚不懂提要求，工友们则是“一家人”，理解万岁。

回忆起来，过年最高兴的事情，就是等车间班组师傅来家，大家互致慰问，“过年好”！那种家人般的亲切祝福，实在暖心。然后，随他们结队到别的工友家拜年，家属区处处高声大嗓，欢声笑语，夹杂鞭炮声响，把塞外工厂年的喜庆气氛扬得高高……

## 春之笔缘

伤春悲秋，那是旧式文人的积习，今天烂漫的春天与红紫纷呈的秋色，早已是人们心仪的美好、快意的表达、歌诗的依傍，真是时代变了，审美心理与审美趣味都会变，当然是愈变愈好，这多数人的审美取向，变得因事物的本真而质朴、刚健了。

那么，说春天，我与春的情缘、笔缘。当年年我在工厂劳动接受再教育，因为车间写稿被从厂报看好，而调去当编辑（记者），并主持副刊版面。不知为什么，一帮文学青年对春天特别敏感；三月开始刮大风塞外一片昏黄，我们则兴致勃勃地歌吟这三月的春风。我写的散文诗《春天的报告》（剪报）现在还保存着。“……谁说塞北春来迟？一声工业学大庆，风光无限，涌起千尺春潮。满厂春光看不尽，我要把最浓的春色寻找……”；不久在《内蒙古日报》发表的散文（特写）《大庆吹来的春风》，也是我沉浸在春天里的笔下收获。

春天与劳动结合，就会产生文化的果实，而参与群众的劳动，生活就会生长诗意，鼓舞着人们向上、向前，一起向未来（即便有时历史曲折，这个未来还不够明晰）。

现在，有时我翻阅报纸杂志，看到一些呼唤和描写春天文字，不免哑然失笑：青年啊青年！也自然会联想到自己二十几岁时候，那一去不复返的生活热情和文字浪漫。

# 续“春之笔缘”

也是情长纸短，写了一页尚有余兴，就继续说与春天有缘的文字。

步入中年，事业追求强烈，工作又不免刻板，浪漫的文字挤在胸腔里不得抒发，于是在工作板块和时间缝隙中，幻想追回青春岁月、续写春天歌唱，这自然是徒劳，但也留下些许“抖音”。“假如时光再给我一个 / 童年，温柔的小鸽子，/ 我愿在你的翅膀下 / 守候春天……”（《守候》）“你是一颗种子，/ 我是潮湿的风，/ 沿着春天的小路，/ 播撒爱的葱茏 // 有水迹的地方，/ 就有绿色的笑容；/ 有风信的地方，/ 就有花朵的风铃……”（《风信》）这类短诗发表，倒也有人喜欢。直到 200 行诗作《我歌唱，我步入中年》在《鹿鸣》青年文学期刊发表：“我曾以云朵般的洁白，/ 亲近大海的蔚蓝；/ 我曾以繁花般的诗行，/ 探索成熟的谨严；/ 我曾在早春的泥土里，/ 播种希望的音符；/ 我曾在深秋的红叶上，/ 印有坚贞的容颜……”随后电台电视台相继做节目，这中年的呼喊才使心灵得以平复，回归于自然之子的吟唱。

终不过是平凡的感动，我的所有关于春天的畅想和歌唱。人到老年，依然有春天的激动或回味，特别是作为全国政协委员，参加十届政协活动，那每年三月“春天的约会”，人民大会堂里火红的杜鹃花丛，身边走过的认识或不认识的社会贤达，各界名流，感到春天就在近前，春光就在身上；不是吗，长安街北侧红墙下的玉兰花已次第开放！

春天多么美好！让我们珍惜春天，珍惜青春年华，以服务人民、报效祖国的实际行动，作春天的歌唱吧。

# 阿 Z 先生

当年，阿 Z 是厂报社长，学财会（中专）出身，眼镜后面藏着精明。平时，他工作摆布有方，一切按程序走，大家倒也清静。

报社科级编制，办公条件有限；他的办公桌与我们几个的桌子相对，平时他埋头改稿、编稿，谋划版面，除布置任务很少讲话。我这人，对领导，从来怀敬畏之心，他又是荐我之伯乐，所以相处尚好。邻桌中山大学中文系老大学生 C 兄，秉性耿直，则不免看轻阿 Z，有时当面顶撞，表现对领导的不恭；私下更是与我述说阿 Z 的种种“不通”，我听了本着说哪儿到哪儿，也就一笑了之。

阿 Z 的知识准备不足，这是事实，但以他的勤勉和精明，以及善于用人，在这个岗位还是蛮适应的。

阿 Z 改稿有特点，对各位编辑编过的稿件，文字上一般删得多、加得少，比较尊重各位的劳作。对手上下面来稿，就没有那么客气了，往往改成一个花脸，再让人誊抄。

阿 Z 把文艺副刊版交给我编辑，仿佛比较放心，很少干预，偶尔他还把自己的诗给副刊发表，以示支持。只有一次，不知为什么，他在一篇小说送审稿上批示“文中 ××（人名）均改为向阳”。当时不便问原因，至今不明底里。阿 Z 为人的常态，是不苟言笑，有些事，他不挑明，你还真不好问，领导意图也不是那么容易猜度的；总之，各自做好自己的工作就是了。

编辑部全盛时期，七人中有人民大学（两位）、中山大学、武汉大学共四位名牌大学毕业生坐镇，这是阿Z的功德，无论如何，他够得上“伯乐”了，而且颇显容人气度。

阿Z有故事，随后再续。

怀念当年编辑部窗外那棵沙枣树了，厂里文学青年以她为题目，写了多少美丽的诗文啊！

# 阿 Z 先生（续）

哲人说，一切伟大的历史人物和事变，第一次是以悲剧出现，第二次是以闹剧出现。阿 Z 先生当然不是伟大人物，这里叙述的那个年代发生的他的故事，却是第一次以闹剧出现，随后以悲催结束。

我笔下阿 Z 的故事，因年代久远已不甚清晰，可以当作童话来听。话说 1970 年代包头文学创作复苏，厂里颇出了几位青年诗人，开始活跃于内蒙古诗坛。阿 Z 本来就喜诗歌，这时也跃跃欲试；恰媒体宣传白卷先生张铁生，不知触动了阿 Z 的哪根神经，他兴奋地写了一首不短的诗寄给《人民日报》；已往人们连想都不敢想，给“两报一刊”投稿，阿 Z 的胆子也真不小。不久，当时的《人民日报》居然登出这篇来稿《好啊，对着干》，檄文一般，与所谓“修正主义教育路线”作斗争，引起人们的注意。好家伙，诗作上《人民日报》了！阿 Z 自然是喜悦非常，但也没有张扬。谁知“福兮祸所伏”，没过多久，一举粉碎“四人帮”，白卷先生不再风光，阿 Z 先生的《好啊，对着干》成了耻辱的记录。他的命运多舛，一时陷入悲催氛围。后来他不知什么时候离厂调到其他城市工作去了。

# 说茶（甲）

我不懂茶，没有读过《茶经》，也不懂茶事，一个北方人，逢年节家里备点花茶，纯属待客之需，自己几乎没动过；那些年自然有节约的意思，主要还是没有喝茶的习惯或曰嗜好。

人到中年，工作内容变化大、接触事物多，开始接触茶，饮用茶，认识茶，听与茶有关的知识和关于种茶和茶制作的事情。

所以，题目为说茶，就是想说些我与茶相关的事缘，并非讲茶的博览和如何品茶，更不是上升到哲学高度的什么茶道。

已往南方和北方，对茶的认知和饮用，差别甚大；总的说，南方人知茶爱茶，茶学问与茶功夫，不可等闲视之。而北方人，一般地说，知道茶珍贵，待客或其他人情往来才去问津，而且多以为花茶最佳，绿茶苦涩有什么好喝的？其实，国家地域广大，在北方也不是都不知饮茶，我在内蒙古工作过，见那里多喝奶茶（煮砖茶），我去过青海，知道那里有酥油茶喝，北京、天津茶馆星罗棋布，自然不乏茶文化。

南方呢，也不是处处茶香，比如河南，信阳茶园遍地，家家啜饮，而新乡待客仿佛不知奉茶，就是下饭馆吃大餐，宴前往往是一壶白开水斟入杯碗，——不为省钱，实在不知。

茶事丰富，连着人间万事，人生百态，让我慢慢道来。

# 说茶（乙）

我的习惯饮茶，是从难忘的1978年，进京读研究生开始的。那也是我的经济生活比较困难的时期。家在塞外包头，我寄居北京金台西路人民日报社大院内学生宿舍；人到中年，四口之家，两地生活，开销自然增大，三年苦读，也真不易。

本来就抽烟，现在又饮茶，星期天偶尔还要与谈得来的同学上街喝点小酒，其间的难处可想而知。这种情况下，喝什么茶呢？北方同学有共识，首选“高沫”；即茶叶店诸如京城久负盛名的“张一元”，高级茶叶罐见底了，碎末末抖搂出来，低价出售。茶不错，蛮实惠的，只是不见茶叶其“形”罢了。这就是后来大多成为党和国家机关特别是社科新闻界中坚的新兴人才，他们当年拮据的日常生活的写照。

劣质纸烟与廉价茶，伴我度过三年紧张的读书生活，基本理论、外语、专业课等，一丝不苟，重现活力。提起偶尔的小酒，菜肴也是极其简单，花生米成为下酒尤物（当然不似孔乙己），但谈天说地，家国情怀，知识点密集，志趣高远，那快乐至今令人回味。

“高沫”并非经常能遇到，中断了，南方同学可能会送点绿茶一尝，感觉不如“高沫”芳醇；于是，周日又出去寻觅，实在没有，只好随便买些低档茶叶。总之，从这时起与茶结伴，开始秉烛夜读和艰苦写作的日子。

# 说茶（丙）

初到中组部，大机关、小干事，我对这里的工作领域、工作环境难免不熟悉，不适应，那么就好好学习，凡事及时请示汇报。步入中年，又回炉充过电，工作热情高涨，能力逐渐显露，领导日渐倚重，自己更是不敢懈怠。

办《组工通讯》，起草各类文稿等，经常加班加点，这样，茶饮就更繁更重了。人大读书时，传老校长郭影秋有“浓茶烈酒猛抽烟”诗句；此时，酒倒没有动，烟猛增暂不表；这茶呢，果然浓重起来，好在有领导关心，时常会慷慨赏赐，以解我囊中羞涩之窘。烟呢（还是得说），开始买如“都宝”的中档纸烟，偶尔领导也会甩几包高级烟，以表达爱护属下的情感。

现在回忆起来，人的一生遇到好领导，真是一种幸福，机关里我的第一个上级郑科扬同志，忠诚党的事业，不仅自己一路肩负重任，贡献突出，而且一片至诚，悉心培养奖掖后学，为党培育了多少中高级干部！

去年 11 月 7 日，郑科扬同志仙逝，终年 90 岁整。人们怀念他时，想到他的严格，更想到他的爱，那颗仁爱之心如他离去前夜飘落的那场白雪，永远润泽着我们的心灵。

# 说茶（丁）

岁月走过，不尽茶缘，晚年快乐之一，就是与茶相伴。大杯剔透，品尝龙井碧螺春竹叶青信阳毛尖，感知绿茶的秀丽与清新；小盅功夫，加上茶具多姿，担纲冲泡的“茶博士”讲经演绎，啜饮滇红小枞肉桂金骏眉，茶汤清亮醇香，饮了恍如神仙，平添人生之乐。

难忘西湖荡舟，船娘遥指吃茶好去处，领略虎跑泉水泡龙井；昆明石林出来进茶室，看秀女演示古老茶艺；武夷山中，仰望那几株珍稀的大红袍，遐思袅袅；还有信阳茶园翠岗连绵，高山云雾笼罩茶山……中国茶的前世今生，茶的无限美好，万千气象，其中历史文化传承，实在是底蕴深厚，非三言两语所能尽道。

人到老年，于孤独中多怀想，正好以茶为伴；晚年绿茶我喜竹叶青、信阳毛尖，红茶我喜金骏眉、小枞，白茶间或调节口味，普洱、铁观音以及黑茶等则少有问津。茶从何来？耄耋之人不须考虑了，有儿孙孝敬，有远近亲朋馈赠，您就喝吧，一天不过三杯。有朋友精心制作的紫砂茶具，依然舍不得用，置于书橱里做摆设。

茶与茶缘，哪里谈得完？一个题目做多了，也会令人生厌，就此打住。早春天气难免有些燥，朋友们请多喝些茶罢。

# 老照片

写下这个题目，心中不觉泛起感伤；老照片是已往生活的复写和记录，能够坐下来或躺下来，凝神翻看老照片的，大都是打发余生的垂暮老人。

都说搞摄影的，多为别人奉献，自己没有几幅好照片；其实，也不尽然，出门就拎个照相机，总会有朋友搭把手给自己来两张，这样，跟一般人比，还是多留下一些照片，特别是在手机拍照没有兴起的时候。

于今，人们照片都储存在电脑或其他设备里，洗印出来的很少，不似我们那会儿，大部洗印了，且择优镶入相册。可能没有时间翻看，但总觉得这样才算圆满。

我的老照片，老到什么程度？1940年代的“百岁照”、1950年代小学合影“不可分离的朋友”，直到2019年在山东海阳——地雷战发祥地自拍的肖像（此后不再拍照）。数量呢，多得不方便翻看，——将来怎么处理呢？岂不愁人。

也许有些照片有用，那些带有历史场景的，诸如关于纪念抗日战争暨世界反法西斯战争胜利60周年活动，关于纪念长征胜利70周年活动等；还有珍贵照片，与史来贺、吴金印、于洋、于蓝等合影；还有平生难得的足迹，金沙江皎平渡、大渡河渡口、夹金山等地留影……也许有个地方，可以征集这些老照片，用之于红色文化宣传、社会学研究、年代剧编导等。

老照片这个题目大了，一写就长，就此打住。以后想好了再写。

★行走大地

# 吾厂吾家（上）

清晨刷屏，见吾友发来新作《杏花风》，“杏花风三月，/ 白溪冰裂……”，描写塞外黄河开凌，按说属于重大题材呢，却写得秀色款款，空灵可人，作者篇末有注“畅想黄河开凌”。本来，我还在思忖，三月，包头杏花开了吗?

“一声何满子，双泪落君前。”说到包头，那个当年风沙搅天的地方，我青年时代的故土，不免心生感慨：吾厂吾家，青春芳华，往日的故事又栩栩如生，翩翩似画……

包头人说话，第一人称是“爷”，凸显霸气；就是打架，怯了，一边倒退，还一边吼着“爷今天……”不似北京，第三人称才轮到“爷”，譬如“这位爷……”

年轻时候，生活条件差，我奇瘦，却不弱，可以拎起二百斤重物。车间有个此地胖子，初次见面，相互不免客气，我握住他伸过来的手，不无奉承地说“你真肉（胖）……”他客气地回答“爷没有您肉”。话语挺真诚的，不像是讽刺。包头此地人称胖为“肉”，倒是颇为形象。

也许三月杏花真的开了，“桃花开了杏花谢”，这虽然说的是北京地区，包头也气候转暖了，杏花应该提早绽放了罢。

# 吾厂吾家（中）

包头，蒙古语“有鹿的地方”，曾经是我无忧无虑的青春过往，投身产业工人集体劳动、认识人生雾海航行的甲板。

工人师傅是具体的，我的师傅姓卫名善，南方人，对我又严格又体贴，令我终生难忘，其他师傅也多友善，没有歧视的现象。班组里还有两位技术员，早些年大专毕业，每天与我们一起倒班劳动，看不出另外做什么，可能与我差不多，下班组锻炼。总之，上班时间、空间，都是班长说了算。

因为有两位技术员，加上我这北京来的文科毕业生，加上师傅中自诩有文化者，就出现与大环境不协调的“文化”氛围。办墙报？好，办墙报。为争取车间领导同意，请L技术员找她家先生（车间副主任）通融，于是，车间大门口立起一块钢板，焊上“万山红遍”漆红大字，就算开始了。登些什么？有生产快报、好人好事、安全常识，自然也有所谓时事等，由那位性格有点女性化的男技术员书写，他的字真好。大约出了两期就停了，因为影响出入、进料等原因，车间主任发话了，大家也就消停了。

那年代，尤其边远地区，生活不免单调，基层还是渴望文化，渴望“文化”化啊。

# 吾厂吾家（下）

照片上的地方是内蒙古乌审旗，距包头不很遥远，只是与我叙述的往事，已相隔数十年了。

我在包头那座工厂待了整整十年；车间劳动之后，奉调到厂报当编辑，还是经常跑车间，发现新闻、采写文稿，有时逢“会战”也参加生产劳动。视野扩大了，认识人多了，就琢磨事儿，大家一撺掇，就要成立组织，于是“看劲松”工人业余文艺创作组产生了。滚雪球一般，逐渐扩大，全盛时期，大约近 40 人，诗歌、小说、散文、曲艺等门类齐全，人呢，老中青以青为主，还有几位女杰，分布厂区、学校、医院各个角落，活动也比较自如。今天想来，当年企业里能有这多自由，简直不可想象。

创作组没给工厂丢脸，在包头文学创作早春时节，打开了一片天地，成长了一批有希望的作者，其作品在包头乃至内蒙古报刊、出版方面占有一席之地。自然，当年的作品印有那个时期的烙印，有的已为历史大潮所淹没……但大家在实践毛主席延安文艺座谈会讲话精神方面所做的努力，那赤子情怀，终究不会泯灭。

回头看，那时创作组聚集的青年，后来颇有一些成才之辈，在政治、经济、文化教育、新闻出版等领域崭露头角。从这个意义讲，创作组乃至报社无形中成为培养人才的摇篮呢。

# 沸腾的厂区

吾厂吾家，写了三篇，尚有余兴，再写五月厂区泛滥的诗潮。

我们厂有文学创作传承，1950年代就有人在上海《萌芽》杂志发表作品；万人大厂，不仅科技人才众多，而且文艺范儿的也不少，车间里到处有诗人。为发挥这优势，生产“会战”时，我建议由我负责的副刊出《火线诗抄》，报社同意了，大家兴奋起来，收集组织稿子踊跃出版，类似“号外”，鼓舞斗志，很受车间欢迎。

我们厂是国内有名的特大型机械制造厂，从炼钢铸造到机械加工，以至产品总装一条龙，描写起来，煞是好看：“火线新歌声声雷，/豪情伴着喜报飞，/手握摇把争分秒，汗水浇得心潮沸”“挥钎抢出战备钢，/豪情恰似黄河浪，/十月金涛铸喜报，/灿烂钢花万里香”“锻锤唱，炉火旺，/胸有一轮红太阳，/千锤百炼肝胆壮，/我爱锻造这一行”，这些五光十色、叮咚作响的诗句，可让您体会到那个历史年代工人兄弟纯朴的歌唱？

探寻诗歌的起源，即产生于集体劳动中，后来政治理念浓重，工厂诗也是离不开劳动色彩，我留恋工厂岁月，珍视劳动的快乐，写了几十年新诗，总觉得那时的诗尽管幼稚，但朴素、真诚，不愿让它们泯灭。譬如这些句子“当胜利喜讯扣响工厂门窗，/春歌似火伴汽笛高唱——/竞赛台上，红线追逐凌空欲飞，/调度室里，灯火不息一派繁忙……”也是那时候写的，不免原始，简单，但明显受到车间诗歌的影响，有温度，比较接地气。

当年的诗友们，已云散四方，可还记得这些时光吗？

# 借书

秋来好读书。看到一本书的名字叫《书读完了》，不免有些吃惊，怎么可能呢？原来是一位老大老大的学者写的，大抵是指先秦以来诸子百家的书，那也够牛的了。

看书，就免不了借阅；大凡读书人，总有借书的经历。借阅，一般是大大小小的图书馆，也有与老师同学朋友借的，好借好还，耳畔响着“记着爱护图书”。特殊的，也有“强借”或曰“窃书”的，在那特殊的年代，我就经历过这类故事。

1968年秋，我下厂劳动锻炼，住单身宿舍，与青年工人混在一起讨生活。因为年轻精力旺盛，晚上没有其他活动，就读书罢。然“书读完了”，又没有图书馆，饥渴难耐，有人就萌生了“偷书”的念头。孔乙己说过，“窃书不算窃”嘛。记得一天晚上，隔壁宿舍的一个青工推门进来，神秘地抛下一提包书，里面多中外文学名著，说“读吧，随时供应”。后来知道，他们是当地某中专毕业的，这些书是“重返”母校（学校已停办），趁夜深人静，从窗户爬进已封的图书馆，弄来的。好在，那时正流行“读书无用论”，图书馆还要不要？图书丢失了没有？并无人关心。这“窃”的行为肯定不好，但今天想来，能够一解年轻人的知识饥渴，又似乎是可以谅解的了。

## 购书

购书，这事情说得有点大，买书呢，又显得有点轻描淡写，还是购书罢。

改革开放以来，图书市场繁荣，长时间精神生活饥渴，对书籍的需求陡增，逛书市成了我的一大爱好。

徘徊于书市，时有尴尬。书价低时，工资也低，工资高了，书价也水涨船高，然而因为需要，价格已不考虑，该出手时就出手。

购书是一回事，读书又是一回事。已往借阅，有时间约定，又不好在书上勾划，就抄，就背。而购得书来，其堂皇上架，我有书无忧，则不忙于读，年深日久就淡忘了，如久不联系的朋友。听说法国朋友就喜欢购书，购来之后少有阅读，常常束之高阁，似乎形成一种时尚。这还是 1990 年代我出访欧洲时，亲耳听法国人士讲的。怎么解决这个矛盾呢？可以用“书读完了”激励自己吗？

老了，购书的热情减退，大半是为了节省钱，因此三过书店而不入，心里却痒痒的，“该又有许多好书上市了，啧啧！”

倏忽，不觉四十年过去了！其间，万千变化，无边喜乐，不是语言所能描述的；祖国从站起来、富起来到强起来，大路朝阳，凯歌行进；现在亿万人民群众，各族英雄儿女，在中国共产党的英明领导下，正继续为实现中华民族伟大复兴的中国梦而不懈奋斗！

# 藏书

其实，也不是想讨论藏书问题，不过借个题目，说说与书有关的一些事情。

无论如何，我也算个读书人，因为喜欢看书，已往条件所限，想法儿借书看，发现同学、朋友那里有好书，就张嘴借，后来则办证，跑图书馆借阅。再后来，有闲钱了，就流水地购书，加上一些出版社的朋友时不时送我一些新书，这样时间久了，“藏书”就日渐丰富了。

说藏书，不免夸张。藏书，本来意义，应该是自己爱的书籍，不想给别人看而藏之于室。自然，也有如明朝思想家李贽，编《李氏藏书》《续藏书》数十卷，“但可自怡，不可示人”，也不知是否做到。我的所谓藏书，文史哲经各类书不少，但斑驳陆离，终不成体系，还有因兴趣驱使，闲书亦多，——就是这样，也常以图书丰富自乐。

许多书，工作岗位上，不及翻阅；退下来了，有时间读了，年纪一天天增大，精力一年年不济，不觉进入耄耋之年，还要抱着这些厚厚的书吗？而且，书籍拥挤，房间也日益变窄，还有，许多严肃有余、活泼不足的书籍，孩子们以后也不一定用得上。显然，该考虑送书于人于别处了。

这些天，趁节假家里相对清静，忙开箱掏书，检阅收藏，准备给它们寻个好去处。想到外省一个县干部培训中心初创，还没有办图书馆，于是建议务必开办，我的一些图书相送，正可以助力此事。令人高兴的是，他们表示欢迎，节后即考虑来车运书。当此时，我挥汗将这多图书清理、分类，陆续装箱之际，心中喜悦非常，也仿佛有所寄托。这些书伴我走过岁月，愿它们在新的环境里为人们带来帮助，带来喜悦欢欣。

# 烟草记忆

病中无聊，忽然唤起烟草的记忆。不好意思，我的烟龄不免太长，自 1968 年下厂锻炼，到前些年断然戒烟，时间长度竟有半个多世纪，期间享受了嗜烟草的乐趣，更多的则是“损人害己”，追悔莫及。

所谓存在着就是合理的。抽烟可以帮助思考、有助于写作等，曾经以此为理由，原谅自己，放纵自己。不错，鲁迅吸烟，闻一多吸烟，朱自清吸烟（还写了《谈抽烟》，书写吸烟之妙），都是大文豪，国民为之倾倒；但不吸烟的大家也不胜枚举，譬如郭沫若先生就不吸烟，一样成为著名历史学家、文学家、诗人，成为二十世纪的一颗明星，朗照大地。

烟草确有魅力，此刻我又回忆起它的气味，点燃前后不同的芬芳，淡淡的微酸，苦涩中的微甜；劣质烟的粗糙与苦涩，高档烟的柔美与甜香；还有花花绿绿的烟盒，风景、人像，抽象的，写实的……

烟草连接的世事、人情，种种美好的记忆，也是令人难以忘怀的。

现在，真想，讨一支烟，夹在指间，不点燃也可以，让我闻闻它的味道，摸摸它蕴藏的往事……当然最好点燃它，香烟袅袅，缭绕我的周身；于是我想到热播电视剧《人世间》，病床上周父奇迹般睁开眼，要吸烟，然后下床归家……

想烟草，想到烟草的味道，以及与此相联系的往事，然而我不能吸烟，半支也不可以，不能废了戒烟十多年的“武功”啊！可以把这忽发的烟草记忆当作一篇散文诗，贴在春天的杨柳枝头！

# 第五辑

# 烟火平生

# 算计

“算计”这个词儿，其基本含义，即计算，计划，考虑，合计，于今好像用得少了；而另外的意思，设计损害他人，则时有所见，甚至触目惊心，诸如种种行骗的套路。

中秋节到了，节前忽然想到家传的“算计”着过日子，一时心里发酸，不禁自惜自怜起来。

我出身贫寒，祖父辈三间茅屋，租几亩薄田，挣扎着过活，就不说了。解放后，父亲在工厂做事，人口渐多，不觉九口之家，且因工作需要，父亲与家人两地花费，又要供我读大学。一点工资，捉襟见肘，月月紧张。这样，就得精心计划，所以“算计”这个词儿，妈妈常挂在嘴边，“算计不到就受难”，自幼我就熟知了。

所谓“人穷志短，马瘦毛长”，我的记忆中，有一段长时间，往往月底妈妈就要去跟别人借钱，开工资时再还；现在，偶尔想起这情景，就会难过得流泪。贫穷，就是这样无声地侵蚀着人的自尊。

我家这“算计着过日子”，至今仍延续着，虽然我们这一代以至下一代日子一天好过一天，月末或逢年过节出门借钱的尴尬已经绝迹。我的父亲一辈子“算计”度日，没有随便花过钱。他有锦句若干，我视之为传家名言：“年节好过，过日子难”“总要积攒些过河的钱”。中秋节前夜，想到这“算计着过日子”，想到前辈讨生活的种种艰难，胸中五味杂陈，一时不能自已；今天全面小康社会的幸福，明天社会主义现代化实现的更加美好，来之不易，无疑应该倍加珍惜啊。

★ 山居

# 又到中秋月儿明

今日中秋节！晨起，天高云淡，金风送爽，这气象让人从心里往外高兴；老人嘛，逢年过节，就会收到礼物，这些天，石榴、芒果、猕猴桃，纷纭而至，自然是亲朋故旧的情谊，也反映了山乡脱贫的喜悦（多为边远山乡网购）。

八月十五，家人团圆、亲友团聚的日子；丰收之后，白日里花好月圆，携手放歌；夜来金樽对月，微醺也风流，尽管疫情散发，盛世欢乐依旧！这人情味，也让人高兴。

高兴了，就想关东老家，于是网上搜索家乡的歌，这一搜不要紧，大为惊喜，原来大东北歌曲创作爆棚，虽然经济发展不免自惭形秽。《东北东北》《东北的冬东北的情》《嗑儿》《天王盖地虎》，都蛮好听的，难怪那个《可可托海的牧羊人》火了的歌者王淇也是东北人（我的鞍山小老乡）——舒坦！为以二人转为旋律的诸歌曲燃烧而兴奋之后，那感觉真好。我是东北人，生来就不会也学不会“装”，到头来说文化，仿佛四不像，依然是凡人一个，路人甲，游走于烟火街巷，却时常有平凡的感动……

喝了一点酒，微醺了，竟解放思想，说了怎么多闲话，玩笑了。

人说“八月十五云遮月，正月十五雪打灯”，看来雪打灯的景色看不到了，“今夜月明”没有悬念，而且“十五的月亮十五圆”，至爱亲朋，舒心望月吧！

# 烦忧

变局，免不了烦忧，西安疫情的阴云刚刚淡薄，河南郑州等几处再起“狼烟”，特别是近日天津“奥密克戎”疫情，令人悬念，生发忧思。

毫无疑问，此刻，唯一的选择，就是动员起来，“硬核”迎战。尽管多点散发，大局是稳定的，彰显两年来战疫的成就和经验，我们的信心建立在党的坚强领导和坚持科学的应对，坚持群众路线和振奋革命精神，战疫的“人民战争”的每一次胜利，都显示了国家强大、人民团结和社会进步。现在，我们要做的，就是服从命令听指挥，在做好防护的同时，多为社会服务，以齐心协力，共同战胜疫情。

对于整个社会，个人是微小的，但个体的存在，其困难境遇，都会受到周围人群乃至全社会的关注和爱护，这就是新时代正在形成和完善的社会建设环境，于是我们自然会出离烦忧，而生安全感、幸福感，为虽置身百年未有之大变局而不惶恐，不无望，相反，“面朝大海、春暖花开”，在新时代的阳光下满怀信心，继续奋斗，去创造更加美好的未来。

# 平静的日子

再没有平静的日子了！疫情发生以来，我时有所感，时有所叹。这种心态不好，那么如何改变呢？

人生不免遭遇灾难，但这种旷日持久、无边无际的病毒阴影笼罩，也许是空前的，让人怎能不烦忧。

我们都是凡人，希望过平静的日子，但世事难遂人愿，偏有这突降的天灾，可如之何？只有挺身面对，共克时艰。

一己的自我调整，显然是必要的。纵览天下，看到问题和困难，也要看到成绩，看到机遇，看到光明，提高我们的勇气。再切近些说，特别是退休老人，老话往往管用，即“天天好心情”，乐观、达观，并以此影响他人，大家都以乐观的心态面对世事，所谓天塌不下来，就是塌下来了，有大个子顶着。当然不是傻乐和，更非阿Q精神胜利法，总归是说以革命乐观主义精神应对百年未有之大变局的急速变化，从容淡定，选好路径，精准施策，以行稳致远，努力实现既定的奋斗目标。

一人之力，可能有限，团结起来就是排山倒海的力量；这团结、凝聚，无疑也需要人人乐观向上，尽量抵消负能量，这样才能显示中华民族自立于世界民族之林的伟岸身躯与恢宏气象。让我们一扫烦忧，扬起欢笑，于不平静中寻找回来往日平静而欢愉的时光。

岁月静好

# 老有所想

说了老有所养，或老有所依，又说了老有所为，我这老人说老，似乎没有更多的话了，忽然，又冒出一个“老有所想”，不知可否作为一个题目？

老有所想，想望，想法，念头，自然不会少，步入耄耋之年的老人，想得多比较具体，比如，这些年我一直想不通，城市公交车车门踏板为什么设计得那么高，老人上车竟然要攀爬而上？国门打开后，我去欧洲，人家的公交车踏板几乎与站台平行，上车如履平地，便利而安全。我们为什么不可以做到呢？是技术问题，还是服务观念问题？公共服务，以人民为中心，传承中华文明之风，老吾老以及人之老，幼吾幼以及人之幼，就要研究如何方便群众特别是方便老人、儿童和残疾人群。

我还想到，那么长那么宽的大街，绿荫下、踊路边，为什么不可以适当设一些木制的长椅，让疲倦的旅人和散步的老人歇歇脚再前行。不是追梦健康中国吗，实在是题中应有之物。

我还想……

我知道，一次不宜想很多，那么就说这两个想望罢。国庆节到了。伟大祖国日益繁荣昌盛，改革发展硕果累累，那么，相信惠及百姓的实事好事一定会纷至沓来，我们期待着。

# 补品

我不知道补品与保健品有何差异，说具体的吧——石斛，素来享“仙草”之誉，究竟功效如何？因为“温补”，我闲来试过，弄一小壶，取出少许石斛，加一点西洋参，注入清水，放在电磁炉上烹煎。开始觉得这节目挺有趣，一周两周过去，就烦了，好像服了也没有什么效果，就偃旗息鼓了。那阵子，这石斛风头正盛，不少人蹭“仙气”，慢慢地，人们不再谈论此事。但该草价格依然处在高位，别看其貌不扬，绳头一般模样。还有所谓“黑枸杞”，再早些，什么舶来品玛卡等。我困惑已久，百思不得其解，不解呀不解。想到当年的关东人参热，现在见人参而退避三舍，还担心用了流鼻血呢。

传统补品，在我这里（别处不好说）从勃兴到末路，无可奈何，揖别人参石斛类久矣，不知是对、是错，抑郁或是喜、是忧？

自然，我远离补品还有一个原因，就是中医先生，不论资深的，还是资浅的，都认为我有“湿”，不宜补，——虽然，我对中医并不那么倾心，常想起鲁迅嘲讽的“（进药）蟋蟀还要原配的”，那玄，那神秘兮兮。

如今我笃信三餐吃好最重要，补与不补，因人而异，因条件而异，因信与不信而异，其实呢，与健康长寿关系不大。以为然否？

# 不好意思

前些时候刚发表了一篇“久违了”，原谅偶尔飘来的雾霾（轻度污染），多少有点与雾霾告别的味道，没想到老天打脸，几乎连续一周的空气污染，轻度，中度，据预报6日将出现五级重度污染，这一切说明我的天真与一厢情愿，我对治理环境、改善生态，打赢蓝天保卫战的长期性持久战缺乏思想准备。有信心是一回事，持久地努力又是一回事，二者相互联系，又相互支撑；中国的生态环境与世界生态环境又是一体的，人类的努力与大自然的运行也是相互依存相互促进的。总之，人类的生态文明建设，我们的蓝天保卫战，关联的因素甚多，探索和把握规律至关重要，而这一切都需要持续不断的努力，勇敢地科学地实践。

美丽中国建设，持久的美丽中国梦想，首先需要我们建立信心，有党的规划蓝图，有领袖的谆谆教诲，有亿万群众的艰苦奋斗，加之那些启迪思想、精神和行动的光辉范例，中华大地生态文明之花会遍地芬芳，托起美丽中国的梦想。

# 冰雪词

今日立冬。

时令如此精准，一夜雨雪，报告冬之来临。其出场又是这般气势恢宏，刚刚洒了一些碎雪，旋即天风大作，雪片横飞，玉龙狂舞，昭示当下冬之威严与凌厉，于冥冥中透露中华民族志气、骨气和底气，傲然自有信念，凛然不可侵犯！

古语云“立冬之日，水始冰，又五日，地始冻”。此刻，雪还在下，“扬花”二字可以形容。今冬第一场雪，为你我的北京披裹轻纱，朋友们在传递初雪的图画，借助林林总总的背景，照片拍得千姿百态，看了禁不住也想出去走走，一览“江山如画”。冰雪可爱，冰雪诱人，然而对于老年人，冰雪也意味着“危险”，地上有雪、雪下有冰，一旦滑倒即有骨折之危，还是收收心罢，不可太浪漫。

立冬只是冬季的第一个节气，冬天刚刚开始，好看的，好玩的，自然也会伴有好吃的，多的是，大家还不忙这么欢喜若狂，不是吗？秋收冬藏。冬天来了，我们可以考虑怎么“藏”了。这里不讲日常生活用品存储，以免有“过度解读”之嫌；知识、智能的储存，倒是应该考虑——毕竟天短夜长，气候寒冷，外出活动的时间相对压缩，居家做事和读书时间充裕了，学习的时机也就来了。至于如何学习，可以做哪些事，咱们可以慢慢讨论，总之，切莫如我这般少读书、不看报，空感叹时光如水，“逝者如斯夫”。现在有一点可以披露，就是我主张大家读多样书，也提炼生活矿藏，积累和更新词汇，以丰富生活表达，丰富语言交流，丰富人生情趣，丰富内心世界。

窗外雪住风息，玩雪的孩子已在平台花园中奔跑；在我，只待“须晴日”，好到院中走走，说立冬后“又五日，始冻”，这在北京城，还不能够。那么，让我放心游走，说不定会拾捡到几多新鲜的诗句呢。

# 明白

记得列宁说过，谁有什么病就总说这个病。我有病，近来早起身体有些僵，直不起腰，也不能久站；下楼走路，开始也直不起腰，且走不远。自己给自己看病（医生最不赞成），一会儿怀疑心脑血管疾病所致，一会儿认为钙流失或免疫“强直”，于是到医院倾述，然后做诸项检查，弄得大家都不得安生。

今天上午，大院医务室有北京医院骨科医生巡诊，谜底开始崭露。听了陈述，观察了症状之后，这位大夫明确判断，——腰脊椎管狭窄导致的，老年人常见病。解决办法，一是手术治疗，现在的技术完全可以解决问题，以提高生活质量；一是维持现状，只是忍受多少一些生活不便，这一切请患者自行决定。

明白——说得明白，不藏着掖着，也没有“诱导”你如何如何；重要的是研判明白，对你的种种自我诊断加以排除，明确脚下路径，看到清晰的治疗与不治疗的前景。而且，没有第三条路，即服药、理疗等办法（基本无效，或收效甚微）。

有病就医，世人概难避免，患者难说清楚，尚有各种检查补之；医生看不清楚，“以其昏昏，使人昭昭”（久违了，这句名言），谁为患者指路呢？

明白，做明白人，何其难得；现在，我们周围，明白人嫌少，而糊涂人嫌多；自然，也有心里明白，装糊涂的，所谓“揣着明白装糊涂”，还有满脑糨糊、装明白的……倘真的智能不够，糊涂一些，还好治，就怕临事退缩、不敢或不愿负责，缺乏担当，而贻误工作，那就太不应该了，需要增强责任意识，提高为人民服务的事业心和自觉性。

看病引出的这番议论，朋友们以为在理吗？

# 不舍

人世间，总会有诸多不舍，对于一个平凡的人，平凡的人生。权衡一番，最不舍的是谁？柴米夫妻，半生知交，还是少小师长？

病中缠绵，胡思乱想，一时悲观袭来，忽生绝望，仿佛喊谁都无依傍，一声“妈”，才抓住了生命之藤，不禁泪如雨下……

儿老了，妈还在，这是福分；妈也病着，白发苍苍，吸氧插管，她也许已不知疼痛，然还可以自己用餐，还能够展露微笑，面对子女孝心的包围。母爱，世间最博大无私的爱，仿佛隐形的脐带终身连接着子女的身心；不舍，这是我们的唯一，我们最大的不舍！

过年，归家，不畏风雪严寒，日夜兼程，奔着与亲人团聚，这应该是年的主题，而拜望母亲，喊一声“娘”，就是成就了过年的款款深情浓浓厚意，这从古至今的年礼。

★寸草春晖

# 假如

年过完了，想说一点烦忧（人生在世忧患始），然而人们都喜欢阳光、欢笑，如今谁愿意听不快乐的事情呢？

于是，也非什么“假语村言”，就说“假如”，假如这样呢？

假如我病了，是的，还病得不轻，医生难以确诊，家人感到忧虑；友人呢，不是不想通报（也想得到安慰），实在是不愿打扰，平添岁月阴影。那么，只能一切由病人一己承受，陷于无望的恐惧，忍隐于疼痛的折磨……

需要坚强！家人在说，自己也这样认为；如何坚强呢？当你眼见得病情发展，臂膀举不起来、手拿不住物体，渐渐地吃饭、穿衣都不能自理，悲观袭来，可如之何！我们毕竟是凡人，遭遇疑难杂症，期盼医生悬壶济世，妙手回春，给人带来希望和信心。然而，有的缺乏悲悯情怀，有的没有回春之术，有的二者都缺失，空有学历光环、“教授”头衔（自然，医生也不是万能的，要求他们治愈所有病人，显然是奢望）。家人呢，“久病床前无孝子”，耐心总是有限度的，还不要说于今他们内外负担的沉重，那么，说来说去，还是一己忍耐，包括忍耐身边的种种“不耐烦”；别无他策，还是要坚强，要坚强，但如果软弱下来呢……

假如，但愿。倘若不是假如呢？

# 说孤寂

冬天，自然界风物变得简单，树叶褪去，余下疏朗的枝干，落雪后四野茫茫，一切多余的东西均被掩盖……，而这种空旷，这种苍白，对于寂寞的老年人，更增加了孤独感。

1990 年代，旅欧归来，我写了一首诗《孤独的钓者》："散乱的光线，陡峭的河岸，/ 谁站在那里甩下长长的线？ // 流水西去，无声地打着旋，/ 有鱼无鱼，反正时间有闲。// 孤独惯了，无须与人结伴，/ 宁愿将影子投在荒凉河畔。// 老人的心，如晚秋的落叶，/ 随风散去，在急流中变暗。"当时，看欧洲孤独的老人，有所感触，但并没有意识到自己也临近老龄，"不知老之将至"。一点悲悯之心，化作异国钓者的造像。现在，自己老了，加之疫情阻隔，离群索居，开始体会"孤寂"二字的况味。这样当然不好，如何走出孤独感，就是一个不大不小的问题。

要有事情做。这是我首先想到的，就是所谓老有所为，不仅不脱离社会，还要有益于社会。不是参加什么研究会、基金会那类大动作，继续"吆三喝六"，而是下沉基层，做些力所能及又受欢迎的事情，诸如各类志愿者。或发挥专业特长，管他文史哲经，做些技术性工作。其二，多种方式保持与老同事老朋友的联系。不可"画地为牢"，把自己孤立起来。还可以结交青年才俊，从他们身上汲取新知与活力，自然也会给他们以某种指导和帮助。其三，回归家庭，营造温暖而和谐的居家氛围，这也是参与社会建设的一部分。

对于老年人，冬天是单调的，不仅户外活动不便，由此精神世界也会受到影响。认真地说，过冬，是个考验呢；尤其是北方的朋友，让我们以冬之简洁面对世事，面对人群，再多一些舒心的笑容，多一些淡泊与包容，养精蓄锐，准备迎接春天，那句诗没错：“冬天来了，春天还会远吗？”

# 老年孤独

我有一个老同事，生性乐观，讲笑话，段子手。一天我在街边散步，有人迎面走来，也是多年不见，看来似他，又不敢相认——面容憔悴不说，双目呆滞无神，一如鲁迅笔下的“祥林嫂”。待打招呼时，他已擦肩而过，仿佛并不认识我。记得刚刚退休时，我曾试着约他给机关讲基层组织建设——这方面，他是内行；他半开玩笑地说，老了，学习不够，讲不好，现在家里操练“孙子”兵法呢。依然幽默如初。后来知道，他妻子病逝，从此老来精神萎靡，一蹶不振。人到老年，难免承受孤独，不论是儿孙绕膝的，还是晚年遭遇不幸的；也不论是豪门富足的，还是生活窘迫的，一样的落寞之感、悲观情绪，如影随形，欲罢不能。迈入老龄社会，关注和治理老年问题，是党和国家的大事，也是全社会全体人民的事情，排解老年孤独非等闲之举，大家都献出一点爱，尊重老年人已往的历史贡献，体察他们的生存状态，也凝聚人类共同的悲悯情怀，排解老年人可能遇到的生活困难，以及因种种原因产生的心底的失落和落寞，让他们和我们一起快乐起来，乐观起来，一起走进这姹紫嫣红的春天！

★挺立

# 社区就诊

国庆节快到了，想着放假前去医院备些常用药，于是走进社区医院。

老年人的心是相通的。今天来这里的老人扎堆了，拄棍的，坐轮椅的，一水的“祖母灰”“老爷白”，虽然要通过诸如刷码、签名、测温等防疫手续，毕竟服务态度热情，大家也就不那么烦了。

那么，挂号，看医生！

我看的这位医生，正在忙别样的事情，自用的笔记本开着，与另一位白衣者在讨论什么。我落座后，她点开桌上台式工作电脑，开始询问开什么药。本来电脑上应该存有上月开药记录，她却不看，另起炉灶。又不知几种药应该开多少，只顾不停地问我。我呢，毕竟耄耋之年，脑子没有那么灵光，十多分钟过去了，单子也没有打出来。又唤来一人，这人也是莫名其妙，不断问我“要不要底单”，当她第三次问我时，我不免烦了：“我已经回答您三次了！”一个人没有效率，两个人依然没有效率，我只好走出诊室“你们慢慢开罢，我在外面等候……”

保健专家教导我们说：老年人不能着急，更不能生气。走出诊室，就是为了逃避不愉快啊。

又过去了一刻钟，白衣天使走出来，递给我一个单子，表示药开好了。因为大家都戴口罩，神情反映不出来，她脸上会有“抱歉”的表情吗？我在想。“他不高兴了吗？”她大约不会想。

工作下沉，干部下基层，这是好事，而好事办好，却需要许多条件。热情、周到、责任心，是需要的，同时，还要熟悉具体业务；您可能在准备博士论文之隙，到基层服务一把，但对服务对象、服务内容、基本程序不懂不熟，怎么能把事情办好呢？

我一向敬重医务工作者，尊重他们的仁爱之心和辛勤劳作，节日前夕，恭祝白衣天使节日快乐！阖家幸福！

# 又看医生

不好意思，又要说去医院看医生的事情了，不知朋友们听了是否有些烦。

今天看的是骨科医生，专家，大约是博士、教授，其举止不免流露些许傲慢；上来就问“怎么不好”，我刚说两句，他即打断我的陈述，也不做临床检查，开单子让我去做“核磁”。待我提着“核磁”片子回来，他不动声色地告诉我，骨科分得细，他是看脊椎的，你这属运动损伤，我看不了，让前台另约某医生。我请求给看看“核磁”片子，他予婉拒，“我看不懂”。然后就送客了。

我呢，瞬间一头雾水，说不上不高兴，只是觉得几缕悲哀。我提前预约，一大早奔来，一个多小时路程，空跑不说，还要重新预约、再跑路，耄耋之年，其于心何忍？同为骨科大夫，专家者流，怎么会看不懂片子，为什么不可以多说几句，给点医嘱，甚至惠及一丝微笑？医生者，白衣天使，治病救人之活菩萨也。最该有的，就是仁爱之心、悲悯情怀，而麻木不仁、冷若冰霜，则是应该与他们格格不入的。大医院，名医生，更应该率先垂范，处处体现仁爱之心。我开始怀念小诊所了，特别是老中医，他们愿意与你沟通，耐心听你陈述病患，他们充满仁爱与悲悯之心，他们从不居高临下……虽然他们没有博士教授等光环。

我又想到，缺少仁爱的何止医院，全社会都应该提倡宽仁慈爱，无论从社会主义核心价值观，还是人类共同的价值取向，友爱，良善，同情，等等，不是应该予以广泛发扬吗？有句名言："爱是生命的火焰，没有它，一切变成黑暗。"广大仁爱之心，我们的社会会变得更美好，而这需要人人作出努力，如歌里唱的"只要人人都献出一点爱，世界将变成美好的人间"！

# 给医界

“两会”正在进行，我有话说，寄语医界朋友。

过去一年多来，我不时遭遇病患，于是不断地跑医院看医生；已入耄耋之年，多病也许并不奇怪，但医生朋友的自恋与冷漠，着实令我黯然神伤，联想所及，不胜感慨。不要委屈了人家。以就诊骨科为例，因摔伤看医生，大夫边开单子边说“去拍片”，片子拎回来，医生说我是看脊椎的，肩关节损伤我看不了，可以约某大夫。那么，可否请您看看这片子？“我看不懂”。一时我瞠目结舌：那您为什么让我拍片呢？此刻，他已做出送客的姿态。同样是骨科，后来又拍了许多片子，明明是严重颈椎病，人家却扫一眼片子，轻描淡写地说没什么问题。这种既医德缺失又自以为是的所谓“高知”，什么时候能够体会一下患者的求医之难与医者的职业操守呢？

想到马克思在他还不是一个马克思主义者时，那篇中学毕业论文《青年在选择职业时的考虑》，他对未来职业考虑“它让我们承担重大责任”，“如果我们选择了最能为人类福利而劳动的职业，那么，重担就不能把我们压倒，因为这是为大家而献身，那时我们所感到的就不是可怜的、有限的、自私的乐趣，我们的幸福将属于千百万人……”这也应该是人类共同的价值取向的内容，我们的医界，白衣天使们，深味青年马克思的这些话，可会有所触动？

以德为先，各界皆然。知识、技术、技能等重要，德行更重要；倘若缺德，社会就会变得冷漠，人间就会失去温度，因此，加强社会主义核心价值观建设，提升全社会思想道德水平，实为一件大事啊。

# 无助时

人在世间，总会碰到沟坎，七灾八难，生离死别，悲情袭来，无助，乃至绝望，这时，泪水已经没有表现，而是从内心深处发出呼喊，喊谁都无所依傍，唯一的只是母亲，那无声的呼唤，就是“妈妈……”！无论家人还是亲友，仿佛唯一能救助你的，只有自己的生身母亲！这种生命体验，让我感到震惊，为什么会这样？心理医生，社会学者，还有诸多学问家，可以给我一个解答吗？

人逢无助时，是悲哀的，会有慰问，会有援手，但无助的悲哀只能自己忍受，自己扛着，自己排解，任何人不能替代；就是述说，也会因人而异、因时而异，区别以“百分比”，划线以“轻重缓急”，而对母亲的倾诉，可以是轻描淡写、举重若轻的，但内心的交流，则是毫无保留的，期盼母亲的爱。

那首歌真好，“世上只有妈妈好，有妈的孩子像个宝”。我很幸福，自己八十岁了，老妈尚在，虽然不能自如行走，但能吃能喝，还能望着儿女笑颜，享受天伦之乐。这样，当我们无助时，终有妈作依傍啊！

# 有病呻吟

平时，我们都有英雄气，说话、办事，讨厌无病呻吟；其实，发出呻吟声者，多为有病痛，生理的，心理的，由此我们才能体会古往今来那些“病中吟”作品，那些无奈，那些幽怨，那些寄托，那些坚强……

病中吟，也有奇葩作品，司马迁遭遇腐刑，含愤写《史记》；鲁迅誉之为“史家之绝唱，无韵之离骚”；卢梭半世荒唐，心理有病，写《忏悔录》，坦露心迹，惊世骇俗……

无病呻吟，不免有些矫情，有病则可以呻吟，但最好于隐忍中做乐观状，振奋精神，也砥砺些思想的火光。

# 回家

明天就出（医）院了。

想到刚入院时，小护士围前围后，再三提醒“爷爷，千万小心，不要跌倒，摔了就不能回家了”。是啊，是得小心，去冬今春，鬼使神差，我已跌了两次，在大院平台花园。住在病房也不可大意，腿软地滑，时时警惕就是了。

住院不是好事情，然需要住到这里看医生，没有办法躲避。家人说，大院的老人角不是好地方，尽量不要去。一般情况，老人们多在南北通道散步，自如行走的，拄杖前行的，或由人搀扶的，而驻足老人角特别是倚长椅久坐的，可能不久这里就看不到他们了——住院去了，其中不少人就再没有回家……

回家，这太重要了；表示病愈，或治过一个疗程，可以归家休养生息。回家，应该是住院病人的期盼与满足，这世界依然美好，春天的喧闹，桃红柳绿的色彩，和风微雨的惬意，等等，都是我所依恋的。

回家好，生活又恢复常态，家人长舒一口气，至爱亲朋可以宽心，大院里又会看到一个消瘦老人淡淡的背影……

# 戏如人生

一觉醒来，拉开窗帘，白皑皑一片，春雪如期而至——从冬到春，我们期盼得太久了。

说电视剧《人世间》。自春节前夕起，我每晚都准时观剧，不觉这部长达 58 集的大戏已过半，该说点观感了。戏是好戏，人间烟火，浓重而逼真；故事生动曲折，编导倾情打造，演员均是大牌，且演技全开，就是“人世间”这剧名题字，亦由中国书法院院长管峻完成。观剧情，人生如戏，戏如人生，嬉笑怒骂，爱恨情仇，让人随之动情，随之流泪，多生感慨。以为看戏就该融入剧情，任由喜怒哀乐，情感起伏，从中体会真实人生况味。

好像编剧最近说了一句话，这剧对普通百姓是一种抚慰。耐人寻味。人生如戏，为了好看、抓人儿，戏的呈现难免有诸多“节外生枝”“无巧不成书”，《人世间》这动作这手段不免多了些，但终是一部大戏，值得耗时间追逐。

我素来喜年代剧，以为其中蕴含历史、文化，举一反三，可以增进人生阅历，受到思想启迪，以至情感净化。那么，也许一些过于离奇的情节可以忽略，总还是认可人世间的无奇不有，社会生活的五光十色，如大东北小歌曲《嗑儿》所调侃或自嘲的“社会很单纯，复杂的是人……”

窗外，雪还在下，无声地落在近处屋顶和远处的道路上，孩子们该出来堆雪人了。人世间最美好的是孩子，最有希望的，也是孩子，他们的天真活泼，他们的聪明好学，他们对未来的浪漫向往！

# 第六辑

# 诗书漫卷

# 号角（上）

如果说诗歌可以称为时代号角，那么中国共产党百年历史，其间称得上发出时代强音的诗歌作品，也是灿若星河、不可胜数的，这从一个侧面反映了红色文化的盛大，给我们以自信。

我倾慕的诗坛宿将自然好多，诸如郭沫若、闻一多、艾青、田间、李瑛，等等，在不同时期，他们发出的战斗呐喊，曾经响彻进军的路途，给人们以力量、信心和希望。

应该说，这是“五四”以来新诗发展的主流和优良传统，不可以以任何借口加以“虚无”的。而这支宏大的诗人队伍中，我最为推崇的则是贺敬之和郭小川，当然还有艾青。贺老尚在，我有幸见过一面，他的《放声歌唱》《雷锋之歌》等长篇政治抒情诗，已为我们设置了难以逾越的高峰，还有《回延安》《桂林山水歌》等诗篇，或感人肺腑，或美得惊心，必然会长久地陪伴我们生活、奋斗，游弋于生活的海洋。

郭小川盛年早逝，倏忽消失在黎明的前夜；仿佛永远是个传说，令人难以置信！郭小川作为一个诗人，首先把自己当作是一名战士，他对时代感应灵敏，对人民建设新生活的热情和伟力，洞察入微、由衷赞美，同时他勇于突破旧垒，大胆革新诗式，不仅创作丰富，而且攀登不止，开辟了诗歌创作的新境界。不必说他的鸿篇巨制《深深的山谷》《白雪的赞歌》《将军三部曲》等；也不必说他那脍炙人口的《甘蔗林——青纱帐》《林区三唱》等，就是在其生命最后阶段写下的《团泊洼的秋天》等诗篇，分明带有某种预见性，诗人天才的预言！还是今年《文艺报》那篇评论文章说得好，郭小川“既是时代重器型作家，也是在中国现代诗人序列中留下了多项遗产的一位诗人”，“郭小川在诗歌文本方面一系列的艺术建造和人格范式，则使他既属于他的时代又超越他的时代”。想到这一层，我们更加为过早地失去他而不胜痛惜！

假如今天还有郭小川……

# 号角（下）

诗言志。这是古已有之的权威解释。新诗呢，复杂些，但哪个得意的所谓诗人也不好说不言志，或与言志相悖；言志，就须心雄气壮，尽躲在温柔富贵之乡，浅酌低唱难免让世人嘲讽。于今，确有一些招摇过市的所谓诗人，他们热衷于写些啥，时有所见，这里就不为他们做广告了。

新时代，是风云激荡的时代，奋斗的时代，万千诗人总该讲点风骨。我们呼唤昨日战歌，我们期待今天的号角，诗歌应该写上旗帜，诗歌应该走上征途，诗歌应该展示中国红，诗歌应该摹写江山美。回望郭小川的诗，就是酒歌也豪迈："山中的老虎呀，/美在背；/树上的百灵呀，/美在嘴；/咱林区的工人啊，/美在内。""雪上走，/就像云里飞；/人在山，/就像鱼在水。/重活儿，/添滋味""林区的工人啊，/专爱在这儿跟困难做对！"（《祝酒歌》）他的"林区三唱""两都赋"以及"厦门行"等力作，都是深入基层、在工农兵群众中发出的时代强音，至今读来仍令人热血沸腾。

诗歌无论新旧，风格多样是常态，可以有夜莺，可以有牧歌，可以有一己情感的诗意表达，但不能失去时代风骨，时代在呼唤威武雄壮的诗篇，为人民抒情、立言的感人诗篇，这应该成为诗歌创作主流，以推动人民群众去创造美好的未来。

# 土地

著名诗人艾青，留给我们最有名的诗句，也许是——“为什么我的眼里常含泪水，因为我对这土地爱得深沉……”这锦句，出自艾青的《我爱这土地》一诗，写于抗战时期的1938年，从那时至今，80多年过去了，诗人忧郁的歌唱依稀萦绕我们耳畔，诗人对祖国的赤子之情依然深深地感染着我们。这是一首短诗，其思想性与艺术性的完美结合，其绝响般的大作，似乎至今无人可以逾越。

土地，即是祖国，即是人民，艾青把自己喻为在祖国土地上飞翔的一只鸟，其时在为多难的祖国歌唱，“——然后我死了，/连羽毛也腐烂在土地里面”。艾青用自己的一生证明了对祖国对人民的忠贞和大爱，他的真情歌唱和卓越贡献铸就了新诗发展的里程碑。时代风云中奋飞的艾青，执着对土地的深爱，与人民同呼吸、共命运，才产生了那么多杰出的精品力作，实践反复证明，只有植根于人民的土壤，为人民歌唱，为时代放歌，才会创作出为人民喜爱的传世之作。

诗歌创作如此，其他文艺品种的创作同样如此。我们熟悉的有成就的作家柳青，长期扎根陕西农村，写出扛鼎之作《创业史》，也是实例。祖国大地，五千年文明史，100年红色传奇，是开放文学艺术花朵、生长作家艺术家的摇篮，有出息的文艺工作者只有在人民的沃土里扎下深根，才能使一己的劳作富有价值，为祖国文艺花园增添奇异的光彩。

★我深爱着这片土地

# 纪念

逢敬爱的周恩来总理忌日，谨呈上旧作诗一首，作永远的纪念。

**永恒的教诲**

总理离去的时候，我们还年轻，
悲怆的冰雪，覆盖失重的心灵。

那些日子，沉默的火焰清晰了一句话：
革命是一件不容易的事情……

真理多么朴素，朴素如风中驼铃；
领悟她，却经历漫长的严冬——

走出梦境，我们恢复了思索的神经；
千曲百折，我们承继了长征的火种。

在总理的微笑中，祖国发生沧桑巨变；
在人民的沃土里，我们变得力大无穷。

今天，纪念伟人的百年诞辰，
我们用鲜花装点新世纪的黎明。

初级阶段，千里之行，水复山重；
砥砺品格，风范在前心系大众。

告别幼稚，还有长长的路程，
革命，是一件不容易的事情。

# 唱诗

没有新作，1980年代曾写过这样一首诗，今天，我愿唱给你听，祖国！在我的心底吟诵。

**祖国，让我为你唱支歌**

祖国，祖国，让我为你唱支歌，
此刻，十月的霞光正染亮山河。

我的歌来自田野、来自汗水颗颗，
黄紫纷呈，已堆起高耸的谷垛，
我的歌来自江河、来自浪花朵朵，
云集的帆兜起了渔家的喜悦；
我的歌来自都市、来自火焰的色泽，
自豪的塔吊装点着上升的生活；
我的歌来自哨所、来自母亲的嘱托，
警惕的枪刺在把忠诚叙说……

祖国，祖国，让我为你唱支歌，
此刻，北京的钟声正掠过山河。

我的歌呼唤改革，
每个节拍充满焦渴；
我的歌凝聚创造，
每个音符迸发快乐；
我的歌拾级而上，
古老的中华昂起刚毅前额；
我的歌穿过风雨，
年轻的歌喉重现甜美音色；
我的歌这般神奇，
知识的电火将幸福焊接；
我的歌载着希冀，
信念的金梭编织多情岁月；
我的歌托起晨光，
四化征途剪辑民族团结；
我的歌化入年轮，
新老交替推进人民事业！

# 有书好好读

秋光好，恰是读书天。人们忙了一天，晚上温馨的灯光下，开卷阅读，悦读，实在是一乐事。

如今好书随处可见，缺的是如饥似渴的求知欲望；当然不能一概而论，说读书风气不盛，比较而言，与 1980 年代那种久旱逢甘霖，那种热烈景象，还是不能同日而语。前些时候一些人标榜的所谓“躺平”，即是厌倦读书的一景。

有书好好读，我想说的是两个意思，一是书不愁找，趁年轻，有书就抓紧读，若束之高阁，则青春荒芜，六神无主，难免成为一个灵魂空虚、百无一用的人。一是想说，读就好好读，一卷在手，条分缕析，联系实际，得其精髓。这些话，是对一般青少年说的，饱学之士“书读完了”，不在其列。

少年与青年过渡期，往往轻狂，歌德？我知道，《少年维特之烦恼》；莫泊桑？我知道，《漂亮的朋友》；屠格涅夫？我知道，《父与子》《白烟》……其实，他并没有读过原著，仅有中外作家作品的知识。一些青少年浮躁，尚“孺子可教”，倘高校院所学者浮躁，就难以救药了。显然，不好好读书，即社会浮躁学界浮躁之一种。

开卷有益，读一本好书自然学养有增，就是碰到不大好的书，思想上警惕了，也有助于提高鉴别力。读书一如酿蜜，仅叮在一朵花上总是有限，花间纷飞才会有丰富的蜜源。而读多样书，才会有多样化的感受，多样化的表达。

年轻的朋友们，有书好好读！

# 常读四本书

我有许多书，摆在书橱里，文史哲经，诸多经典，也有一些常翻常记的枕边书，这里介绍几本：王国维的《人间词话》，陈望道的《修辞学发凡》，胡裕树的《现代汉语》，杨义的《李杜诗学》。

因为自幼喜诗，所以长大了就读《人间词话》，知道“太白纯以气象胜。西风残照，汉家陵阙，寥寥八字，独有千古”。又知道“词以境界为上”，“红杏枝头春意闹。著一闹字而境界全出。云破月来花弄影，著一弄字，境界全出”。还记得：“古今之成大事业、大学问者，罔不经过三种之境界：昨夜西风凋碧树。独上高楼，望尽天涯路。此第一境界也。衣带渐宽终不悔，为伊消得人憔悴。此第二境界也。众里寻他千百度，回头蓦见，那人正在灯火阑珊处。此第三境界也。”这三种境界，既是作诗词的秘笈，也是作学问必经的路径。

《修辞学发凡》从大学时代起，伴我读书、写作，受益匪浅；从中我知道政治文论，消极修辞，“明白”为其要。不错，革命文风，应准确鲜明生动；但这生动，宜有度，现在连天气预报节目都追求“生动”，明白与简洁反倒被遗忘。

杨义者，与我一起都是中国社会科学院研究生院首届校友，但我们并不认识。一次去院里参观社科成果展，临走时同学送我一本厚厚的书《李杜诗学》。归来一看，大为惊喜，杨义这扛鼎之作在唐诗研究领域开拓了一片新境界，李白杜甫诗学构建，为传统文化的继承与发扬树立了新地标。待我从容看将起来。

胡裕树君的《现代汉语》，则可以帮助我们有话好好说，好好说，提高民族语言的表达力。

# 学习学习

说学习，无疑挺庄重的，说学习学习，好像另有喜感；如同前天我推出“常读四本书”，说到读胡裕树《现代汉语》，“可以帮助我们有话好好说，好好说”，可以提高民族语言的表达力；有个好朋友看了不禁以“哈哈哈”点评，大约以为“可口可乐”；这里有话好好说，意思是讲究语法修辞，提高语言表达水平，并非指说话要心平气和，不吵不闹，好好说，好好说。你看，同样一句话，听来感受上竟有这般不同。玩笑了。

说学习学习，是对老年人的建议；事物在发展变化，时代在飞速前进，所有人都须学习，不断学习，老年人也需要继续学习，否则对社会生活会产生隔膜，甚至游离于时代生活之外。需要学习的东西自然很多，一般时事政策、法律法规总要有所了解，生活中发生的新变化新事物也应尽可能知会，包括诸如手机使用，发个微信，做个表情，乃至购物约车等。

学习学习，当我写下这几个字，自己也生发喜感，忍俊不禁，原来想到山药蛋派作家赵树理，他的短篇小说《锻炼锻炼》；你看，学习学习，锻炼锻炼……

对老年人提要求，宜小心为之，他们蹚过时间长河，披过岁月征尘，多风骨依然，睿智不减，当然，他们善良，包容，可能和蔼可亲，但也不乏自尊，懂得“说话听声，锣鼓听音”，那么，与他们说“学习学习”，就挺得体，是不是这个理儿？

# 随想

收拾书房，发现几张便签，上面写了一些照片说明文字，眼睛扫了一下，大部分照片因硬盘毁坏而丢失了，现在可以做些回忆。

“走进白桦林”，摄于秋之长白山，那闪耀的明黄，是一页页诗章；“生命的颜色”，摄于武夷山之夏，刀削过一般的岩石上有绿羽点染；“太行人家”，百丈悬崖之上，有郭亮村百姓的新房；“晚秋”，北京翠湖湿地，深秋季节黑天鹅掠过金色池塘；“雄起”，信阳金兰山奇峰突起，为林场立了地标；“八百罗汉”，连康山里树的气根凸显，其状若罗汉列阵；“磅礴”，庐山五老峰深处，云卷云舒，气势令人震撼；“台风过后”，海南一景区，台风过后，椰树倾斜且叶子飘零，但那昂起的头颅，给人诸多联想……

照片没了，影像还收存在记忆中；大凡经历过的事情，总会给我们留下痕迹，留下颜色，留下美好，留下崇高，留下诗和远方！

# 叶子，旋转着

叶子说开去，这话就长了。自 1990 年出版第一本诗集，发表“红叶”“叶子”，以后的几本诗集里都有叶子的意象；“秋叶，旋转着，/ 在夕阳中吟唱，/ 那是我的诗行，/ 多少有些忧伤”（《听雪集》）“日子如风掠过，些许沉积，/ 不过是草叶与露珠的欢笑”（《雨落巴黎》）“当你的叶子 / 旋转着，飘落 / 那耀眼的金黄 / 擦亮我的诗句 / 也擦亮了 / 羞涩的夕阳”（《画梦黄柏山》）“秋叶红了，/ 在清亮的晨曦里。/ 她该是我的信念 / 在燃烧，/ 迎着边陲的风雨”（《岁月 多情的河》），“草原啊，你的每一片草叶 / 都有我的呼吸，我的明媚”（《抚摸草原》），等等。秋叶，旋转着坠落，那景象该是岁月静好、微风轻拂时，充满诗意，给人以悠远的遐思。那是幸福的时刻，虽然含一点淡淡的忧伤。

说到这里，不禁让人想起美国作家欧·亨利那篇脍炙人口的小说《最后一片叶子》，老人为了慰藉病中女孩，给她以生之希望，于风雨夜登着梯子，在窗外画了那片仿佛要坠落又终于没有坠落的叶子，于是女孩新生了，老人却死去了……这生命的颤音，至今仍回旋在我们的脑际。

# 浮云

那年在神农架写了首诗《云海》，不想许多朋友都喜欢："从来不介意运气，在满足与失望 / 之间，我崇尚自然，随遇而安。/ 没有云海，也许目光可以放得更远，/ 大山的壮美，岂在于云雾的渲染？ // 人在旅途总会有遗憾，在获取与失落 / 之间，我选择充实，甘愿恬淡。/ 没有云海，也许心灵会有更多的发现，/ 生命的光辉岂能为浮华遮掩。"最早点头称赞的，是部长秘书 GZ，他读了感觉不错，以为有意境，也有意义。GZ 是个好人，正直而热诚，后来放到省里做组织部部长，忘我工作，殚精竭虑，又有群众缘，口碑颇好，再后来不幸因病早逝。现在一提起这首诗，我就会想到 GZ，想到他那浓重的山东烟台口音，想到他说到这首诗时那份认真，那副憨厚的面容。

漫漫人生路，世事变幻，命运多舛，许多事应该看淡，特别是为官进退、职务选择；一个人只有进入"我将无我"，才会体味出《云海》一诗的潜台词。

一个偶然，我走入企业家文艺沙龙，是一次诗歌朗诵会。头天晚上，有幸接到上海译制片厂著名配音演员乔臻电话，他表示愿意朗诵我的诗《云海》，这惊喜可以想见。次日朗诵会上，我在台下听着他那磁性的音韵，应和的是我澎湃的心音……

一首小诗之轻，哪里承受得起这多情谊，文学作品不是作家案头的玩偶，而是描摹生命之重、生活之美的精灵，直面人生艰难、追梦筑梦的利器，我们的文学梦想在此，我们的前瞻使命在此，我们奋斗的意义在此！此外，都是浮云。

# 寻觅

老杜有诗《戏为六绝句》，并非戏言，而是郑重表达自己对文艺批评和文艺创作的真知灼见，表达继往开来、学习和继承文学遗产的鲜明主张，文字触角敏锐，又深情款款，语重心长。这六首绝句，字字珠玑，内涵丰富，涉及文学史、文学批评史宏大背景，读懂弄通非一日之功；就是引用起来，也有不少故事，如“尔曹身与名俱灭，不废江河万古流”，就曾镶嵌在一篇气势雄浑的论战檄文中，为天下读者所乐道。

不过，这里单说我常挂在嘴边的“清词丽句必为邻”，自然，前面半句“不薄今人爱古人”也是颇有说道的。微文求简，这里的含义，当然是说对今人、古人都应该尊重，对他们的文学成就都应该学习借鉴；论及“清词丽句”，今人、古人，虽时光相隔，依然“为邻”，必然接近，文学传统是一脉相承的。这里，我想生发开去，出离该诗背景，说点学习新鲜语汇的事情。不好意思，在我创作旺盛期，有时文思枯竭，就翻各样书籍，寻觅自己觉得新鲜而富有色彩的语汇，由它刺激感官、引发文学想象，然后调动生活积累，敷衍成篇。这一招有时奏效，有时也难说。新鲜而有趣的语汇从哪里来？以前说过，一是古今文学作品，古代的，最是今天一看就懂，就发生联想的，而死去的、诘诓聱牙的词汇，则不在选择之列；今人的，多用可以互换的，公共认知的，来自现实生活的，新颖活泼的语汇，网络语言慎选。一是观察生活，体味群众语言，选择那些鲜活的百姓熟悉的词语，而摈弃那些粗鄙之语。语言是发展变化的，随着时代前进，群众语言也在不断变化，无论“动”“静”，时代语言肯定是相对稳定的；群众语言，也需要提炼，认同这“相邻”，在继往开来中丰富发展，助力中华民族文化发展繁荣。

# 阅读与欣赏

记得1960年代有一本颇受欢迎的书，叫《阅读与欣赏》；大约是广播电台作的文学节目，然后将作品集纳起来出版的。

我想说的，自然也是与阅读有关，但不止文学作品；且重在欣赏，一己的直接欣赏。比如，智利著名诗人巴勃罗·聂鲁达的诗歌作品——今天的读者对这名字也许有些陌生，但重新接触，肯定会由衷地感动："呀，多么伟大的作品，让人惊喜，让人欢叫，让人沉思，让人赞叹！"读他的作品，我建议直接感受，读了一系列作品之后，再翻翻相关的评介文字，而不是相反。这样的好处，是倾情阅读和入微体会其作品，待看评介文章时，自己会有一个客观而清醒的认识。

你看，聂鲁达的诗句"牧人兄弟们，生命不能失去，/而是要像一朵野玫瑰那样/在密林里落下一点红；/失去就是熄灭大地上的一盏灯""亮光却甜蜜得像小鹿，/阴影仿佛墨绿的眼睑"。这丰富的想象与独特的比喻，给人以全新的美学感受。若评介先行，包括聂鲁达自我评价"一个诗人若不是一个现实主义者，就是一个死的诗人。一个诗人若仅仅是一个现实主义者，也是一个死的诗人……"就会如坠五里雾中，或尾随他人议论而去，不能真实感受作品的独特魅力。

一般地说，我们普通读者，阅读文学作品，其他审美活动诸如欣赏音乐、美术、戏剧，以及影视作品等，一样不能评介先行，不能因此妨碍我们对作品的直观欣赏，从而真切体会作品的原汁原味。这样说，当然不是否定相关评论介绍的引导作用，帮助读者提高审美水平，这是不应该误解的。

# 研究与欣赏

文学名著，诸如《红楼梦》，从少小到老大，断断续续都在读，人生不同阶段，读着自然有不同的感觉，不同的感悟，一般地说，忘情欣赏，于年深日久阅读中欣赏其美好其奇妙，体味其旷世之才子书况味。

倘若把“研究”掺进来，曹氏深情编织的动人故事，精心架构的艺术大厦，在读者心中的种种美好与奇妙，就会被搅扰，被揉搓，被破坏，那就不是优雅地欣赏，而成为工匠般地审视、穿凿，审美情绪与趣味就会荡然散去。结论是，要么一卷在手，静静地领略文学名著之美，要么放弃这风景，充当鲁班爷，将大厦推倒、故事解构，从中作一番学问，混一个红学研究的名号。

这些，是从阅读与欣赏生发开来的一点想法，着眼于阅读的趣味，着意于舒心的欣赏，并非鄙视阅读中研究兴趣的起来，也不是拒绝对文学作品开展研究。

我们都是凡人，我们的时间与精力终究有限，这样，宁肯在阅读中极尽欣赏之能事，以提升文化品位，丰富内心世界，在万花筒般变化中的世界，增进文化定力，更好地跟上时代，服务人民，报效国家！

# 百花百花

记得上初中时，读到郭沫若先生的诗《百花齐放》，计 101 首，每首抒写一种花木，郭老的这多诗篇，富有知识性、趣味性，当然也是诗意盎然的，并非他自谦的“郭老郭老，诗多好的少”，郭老还对为什么写“百花”却写 101 首，特别作了说明，读了饶有兴味。

郭老的这些诗，连续发表在《光明日报》副刊，我看到的是一份报纸剪贴，由我父亲逐期剪集的。父亲农村长大，因家贫只读六年书；然聪明好学，尤喜文史，遇到好文章他会剪贴保存，于是我也就有了浏览的机会。现在媒体丰富，搜索方便，剪贴好文的习惯在多数人那里可能废止了，有时我想剪报这种方式还是可以捡起来，以帮助我们存留美文，也存留美好的历史记忆。

★海上花开

# 对联

楹联很中国，楹联很文化；游走祖国各地，处处楹联，叹为观止。

楹联挂在亭台楼阁之上，楹联藏在书刊报章之中，能解读楹联的人，大抵是饱学之士，不用说“很国学”，讲文化传承，楹联的学问自然是题中应有之内容。我平素喜欢读好的对子，步入古典园林，也试图给孩子们说说那楹联其中的含义，品味其内里的雅趣，却往往落得无言的尴尬。

惟《红楼梦》中那副对联即“世事洞明皆学问，人情练达即文章”，可以结合一己的生活阅历，为他们侃侃。

前些时候，流行一首网络歌曲，东北风，仿佛叫《嗑儿》，其中有句“社会很单纯，复杂的是人”，用语有点怪，旋律倒挺上口，且好记忆，只是嫌含义模糊，仿佛反向调侃，说人很单纯、复杂的是社会。我向孩子请教，他们说，玩呢，没有什么微言大义，不过是抒发一种情绪。这当然不是对联，我忽然想到，对联中的“世事”，也不是那么好洞明的，“人情”又如何可为练达？社会是一本大书，世事纷纭，复杂多变，学问深邃；人生是一篇大文章，该有正确的世界观、人生观、价值观修为，才会有所作为，真正成为一个有益于人民的人。

# 对口词

对口词，一种文艺表演形式，大约流行于1960年代，“文革”中更盛，于今的年轻人都没有见过。

对口词，是两个人表演，一人一句，你说我接，大都对偶句式，两人根据表达内容，原地做举手投足类简单肢体动作。诸如“枪”“枪”“革命的枪”“战斗的枪”……形式简单，甚至比较原始，让人联想到延安时代“小放牛”“兄妹开荒”，抗战时期“放下你的鞭子”（活报剧）……与对口词相仿佛的，那个时期好像还有天津快板“三句半”之类。

那时讲文艺为政治服务，当然也为工农兵服务，政治性，又抢时间做宣传，形式就简单了，不那么讲究，讲究的是十年磨一剑的革命样板戏。

对口词给我的印象，明快、有力，激情饱满，有点像诗朗诵，如内容健康，符合时代要求，就是今天也可以用来下基层表演，鼓舞人们为推进中国特色社会主义事业服务。

有条件，讲阳春白雪；因陋就简，则可以利用已往群众喜闻乐见的文艺形式，改进完善，推陈出新。

# 遗憾

读书如饮食，留意多样，不宜偏食，否则难免会留下遗憾。

我自幼喜文学，“读书破万卷，下笔如有神”的古训是记得的，但也有些过分凭喜好选择书目，如中国现代文学喜读鲁迅、茅盾等，巴金的作品极少浏览；外国文学，多读俄国、前苏联作家作品，而少读欧美文学。自然，这里也有时间和精力问题——文学又不是主业。于是，遗憾来了，上世纪八九十年代以来，人们谈张爱玲，咱插不上嘴；人们说金大侠的《神雕侠侣》，咱搭不上话儿……这怨谁呢?

于今老了，时间有了，买来多卷本张爱玲集包括《小团圆》，买来全套《金庸作品集》，明日黄花，又精力不济，懒于阅读了，这遗憾难补，恐怕终身遗憾了。

所以，有书赶快读，在青壮年时期、精力旺盛之时。读书，可以有选择，但不偏食，涉猎大体均衡，这样出入才有“话语权”，不说外行话，更不做进了曹营的徐庶。

人生苦短，命运多舛，凡人你我，难免会有种种遗憾。好读书，做有心人，则会少遗憾而多欢乐，如诗人海子歌唱的，去做一个幸福的人，“面朝大海，春暖花开”！

# 眼睛（一）

有时我想，倘若一个人生有一双好看的眼睛，那该是多么幸运。

何谓好看？以世俗说法，双眼皮儿大眼睛好看，有歌曲《小芳》“一双美丽的大眼睛”、柳青小说《狠透铁》“浓眉大眼，相当动人”云云为证。然前些年“韩流”涌动，不少女孩子又说单眼皮小眼睛好看了，也是莫衷一是。这样说来，大眼睛者不须骄傲，小眼睛者也无须自卑，都好都好。

眼睛好看与否，并非只跟其大小相关联，表情呢？要不要考虑？诗人说，眼睛是心灵的窗子。“看那双死鱼眼睛”，这肯定不是赞美的意思了。而眉目传情啦，用眼睛剜人啦，水汪汪的眸子啦，等等，不仅描绘人的美丽、魅力，而且传递着爱意。记得金圣叹评点《三国志演义》，读到吕布与貂蝉初见，那深情凝视，那眉梢眼角流动的一见钟情，金老只用了两个字：“来了”……

所谓“相由心生”，看眼睛是重要环节。忠厚之人，眼睛该流露沉稳与宁静；奸诈之徒，眼睛该闪烁飘忽与算计。没有读过相书，不知是否会这样描述？思无邪。朋友相交，眼睛应该如流泉清澈见底，似碧空纤尘皆无，这样，我们好执手谈说，款款同行，一起去奋斗，去搏击，去迎接人间种种美好！

# 眼睛（二）

眼睛，表情的枢纽，心灵的窗子。作家笔下关于眼睛的描写，精彩纷呈，对于刻画人物形象和表现人物心理，无疑会起到画龙点睛的作用。

“死鱼眼睛”，形容人的迟钝与麻木，不须增加一字，其状态就已跃然纸上。“蚂蚱眼睛——长长了”，事情发生了，一筹莫展的呆相、窘态，如在近前。“眼睛”，不加动词，就灵动如许，你说奇妙不奇妙？

诸君，今年是伟大的思想家、文学家鲁迅诞辰140周年，近日温习先生的著作，翻开小说《祝福》，看先生笔下对祥林嫂的描写，“五年前的花白的头发，即今已经全白，全不像四十上下的人；脸上瘦削不堪，黄中带黑……仿佛是木刻似的；只有那眼珠间或一轮，还可以表示她是一个活物”。鲁迅先生这“眼珠间或一轮”，读了，依稀刀刻一般，印入心田，再难忘却。先生重见祥林嫂时，映入眼帘的祥林嫂凄惨形象，集中地表现在她那呆滞、麻木的眼神，大师笔下传达的同情心与悲悯情怀，如电光火石令我们深深震撼，同时入木三分地认识了那半殖民地半封建旧社会吃人的本质，从而激发人们起来抗争。

鲁迅先生是我们永远的老师，他的恢宏著作和革命精神是中华民族的文化瑰宝和锐利的思想武器，赓续红色血脉，应该包括继承好这一笔丰厚的历史遗产。

# “画”故事（上）

从小听故事，识字了读故事，识字多了讲故事，老大寂寞了写故事，以为话说完了，怎么跳出来一个“画”故事？

画故事，古已有之。高山上的岩画，从豪门到寻常人家挂的“四扇屏”，庙堂会馆的壁画与木雕砖石之雕，无不演绎故事，历史传说或神怪故事，就是上个世纪老少咸宜的“小人书”，那连环画故事，不也是“画”故事吗？这大约都属“传播学”，以画为媒生动直观地传播悠久而厚重的中国历史文化。

还有更生动的，就是影视作品，古往今来，出将入相，中原逐鹿，爱恨情仇，声光电合成，故事立体感觉，演技攀升，受众广大连四海；产业林立，生意兴隆达三江……

生动了是生动了，这画故事还是不如听故事，听故事又不如读故事，简言之，小说里演绎的故事，惟读为妙，情节曲折、细节感人不说，单说那人物心理描写，就精彩纷呈，“画”故事远达不到意会言传的效果，远不能深入体会故事的魅力。

须知，好的故事（书）无论古今中外，均不可复制，其独具艺术匠心、历史文化底蕴，读来自觉深不可测，且一个人有一个人心中的“哈姆雷特”，终是难以“画”出、难以描摹的，所以，一己的阅读最是要紧，一己的体味最为精妙。

当然，这里讲的是大师的作品，大家呕心沥血写出的故事（书），诸如《红楼梦》《阿 Q 正传》。

## “画”故事（下）

经典故事，都是真实的社会生活，再现典型环境典型性格，尽管是经过艺术虚构，却是更集中更强烈也更真实地反映历史实际、现实生活。这些观点，自然是来自马克思主义经典作家。

道理是这样，每一位读者捧起经典，譬如鲁迅的作品，《孔乙己》《祝福》《阿Q正传》，故事中走出孔乙己、祥林嫂、阿Q，随着情节的演进，我们心情再难平静，介入历史环境，关注人物命运，或难过，或悲伤，或愤怒，或长叹一声，或会心一笑……眼前的人物音容笑貌，举手投足，所谓“这一个”，定然是一己描绘的（虽然作家已有描述），独特而不能忘怀的。当您年长几岁、十几岁或几十岁，日渐世事洞明、人情练达，就会发现，现实生活中仍然有孔乙己、祥林嫂、阿Q这类人物的影子。这就是“读”经典故事的收获，而这一切是看连环画、观影视剧等所难以达到的。所以，阅读，不仅不可废止，而且要大力倡导，应该调动各种手段，去鼓励人们开展阅读活动，其中包括节制手机“碎片化”阅读，这应该是提高全民族文化素质的基础一环。

这就是“画”故事引出的一个结语吗？好像有点片面性，内部参考罢。

# 杜诗我爱

年纪大了，记忆失灵（当然不是所有的），譬如唐诗宋词，过去能整首背诵的，现在仅有残句，有时脱口而出的句子又不免有误，如“老来聊发少年狂”，其实“老来”明明是“老夫”之误，却不觉得；不知别人如何，在我，对此总觉得有些悲哀。

昨天写《盼雪》，忽然有一句唐诗闪过，即“大雪满弓刀”，出自哪首诗，作者是谁？一时蒙圈了，好久好久才思谋到：卢纶的《塞下曲》嘛！“月黑雁飞高，单于夜遁逃。欲将轻骑逐，大雪满弓刀。”所幸记得，是因为这属少年时背诵的课文，还没忘诗中那“将”，是率领的意思。

杜甫的诗是我的最爱，当年冯至编选的《杜甫诗选》（1959 年出版），还是精装本，几乎被我翻烂了。现在却难得能完整地背出几首，就是《秋兴八首》《戏为六绝句》，也背不全了。

老来偶尔有诗句飘过，“老病有孤舟”“访旧半为鬼，惊呼热中肠”，又想不起哪几篇诗，这些思将起来，令人惆怅。

我喜杜诗，在他襟怀百姓、忧国忧民，这家国情怀应该是中华历史文化的精华；在他的诗歌中穿行，自然会生长“位卑不敢忘忧国”的情愫，让人感受到人生的价值所在。当然，今天的社会主义核心价值观有更贴近时代的新思想新内涵，我们应该学习实践，以服务人民、造福社会。

杜诗好，重读会有新收获，倒不在于还能记忆和背诵多少篇。

# 童子功

背不出诗，怪记忆失灵，也许是托词。老朋友高台 60 多岁时，眼见他背诵古文《吊古战场》，抑扬顿挫，有模有样，瞬间感到风云为之变色！前些年看到他的视频，舞台上表演李白《将进酒》，仰天长啸，吟诵自如，淋漓尽致。这多年没见了，相信他对古代经典诗文依然记忆不差、吟诵有致，据说这叫“童子功”，自幼家学渊源。所以，不能简单地把没学问归结于年纪大记忆衰退，还是检讨自己为上。

老话说，穷人的孩子早当家。以为还应该加一句：富家子弟早读书，官宦人家、书香门第，哪怕是后来家道破落了，诗书“童子功”还是可以受用终身。

老杜有诗：“读书破万卷，下笔如有神。”这读，大约以早为要，童子功啊，晚学自然也可成才，终不如早早的“一行白鹭上青天”，蓝天如洗正可收存记忆的宝藏，早读早记童子可期！

看电视台播放的诗词大赛，或曰诗词大会，常感叹那些天才少年，居然能背诵海量诗词（几千首），且灵动调遣。转念一想，那么多诗词堆积在头脑里，倘要他们自己创作，会不会把古人的诗词排列组合推出，而失却生动的创造？杞人忧天，随时都有，此刻我正望着色彩不太鲜明的晚云发呆呢。

# 我不是

这篇文字，不是检讨近来我有什么“不是”，而是想到带“不是”字样的影视作品名字，诸如《我不是药神》《我不是潘金莲》……说实在的，我固然喜欢看电影、电视剧，也可以说有“剧瘾”，但对当下一些影视作品的名字却不以为然，总觉得在这一点上，一些编导不免疏懒，或跟风，什么什么“之”什么，什么“者”什么“者”，这“不是”如不提醒，也可能发展为“系列”；或过于随意，简直与内容、主题甚至题材没一毛钱关系，让人摸不着头脑。自然，也不排除有的编导智商低下，情商也高不到哪儿去，又不肯学习，剧本就平平常常，剧名就更不靠谱了。建议类似情况，专门请人帮助起名字，人选嘛，可以找那些头脑灵光、多少有点刁钻古怪之人，说不定能出彩呢。

我这人，基本属于老实忠厚，但有时也调皮，爱给人取外号。上学读书时，餐厅有个服务员看上某位同学，逢开饭时间，那位迟迟未来，伊就会从窗口探出头来搜寻。于是，我给伊取了个绰号“张望”，当然没有外传，只讲给另外一个同学，以显示自己的概括能力。我思谋，倘哪个影视作品需要找人帮忙取名字，也可以算我一个，如何？

# 飞翔

改革开放前，读国际题材的诗（记忆中有程光锐、刘征等作家的诗作），感到新鲜而神秘，更不敢想自己有一天也会试笔。20世纪90年代，我两次率团出访欧洲，驻足的地方基本重叠，就是英、法、德、比利时、瑞士、荷兰等，于是以诗的形式，写了一些旅欧掠影，居然得百余首，出版了一本《雨落巴黎》（九州出版社）。在此之前，收入《听雪集》还有一组诗，为《异域情思》，其中有些段落今天读来，仿佛不是自己的手笔。诸如“巴黎，给吸烟者/以最大的宽容，/这自由令人眩晕，/仿佛在接受某种讥讽”“……巴黎，我的心真的有些失重”。“又是教堂。走不出的/风景。这一片恬静，/真的可以抚慰心灵？//你可曾看到，/电话亭里，一个憔悴的少女/在茫然地注射毒品……”这是第一次走出国门，诗句也弥漫批判精神；《雨落巴黎》出版，则出现许多文化方面可以借鉴的元素了。

国际题材，诗歌创作，也许比其他文学品种相对轻松些，直观感受书写，可以略去一些知识性的补充，少闹笑话。后来，两次访问俄罗斯、一次访问古巴，都产生了诗作，有时思想起来，还蛮得意的呢。

写诗真好！海阔天空，云朵远去，芳草无涯，大漠孤烟，出门带着一双发现美的眼睛和勇敢的想象力，就可以飞翔了，放飞欢乐，也放飞忧思，在广袤的大地上，在高远的天空中……

后疫情时期（不知是否可以这样定位），怎样可以获得更多的宽松和欢乐呢?

# 街鸟

今日小寒，天气真的一日冷似一日，向三九严寒攀爬。这样的日子，我想到一个有趣的意象，即“街鸟”，那些冬日里依然贪玩，满街游荡，不肯归家的少男少女。

那是1990年代的画面，舶来品麦当劳初兴，成为“街鸟”短暂栖息的街心岛。有诗为证：“大约因为严寒，/街鸟（比喻难免有些蹩脚）/挤进麦当劳，/于是，优雅取代了/嬉笑，宁静中，/享受春天的温馨，/也体味异国情调。//我发现偶尔赶个时髦，/并没有什么不好，/——加冰的可乐，/温软的汉堡，/华丽的薯条……/烘托冬日的良宵，/传递会心的微笑。”诗的题目《麦当劳》，是我献给京城少男少女的歌唱。时光流逝，不觉距今近30年了，那时一个普通人，吃一次麦当劳，虽然不能说“奢侈”，但也是觉得有点“那个”，而且以为比较前卫，大抵是年轻人的节目。现在呢，时代在发展，生活在前进，幸福指数提高了；麦当劳不稀罕吃了，老朋友小聚，撮一顿“老莫”也不是什么了不起的事情。

小寒节气，据说吃火锅、涮羊肉比较红火，可以安排了。天寒地冻，外出务请添衣保暖，留意健康！进腊月了，收拾收拾，准备欢欢喜喜过大年吧！

# 快乐时光

岁月的苍穹，随处可以拾捡快乐时光，依我的感觉和认知，快乐时光不在闲适的日子里，而是深藏在奔走的道路上、繁忙的工作中……

1990年代，我写过一首诗，题目就叫《快乐的时光》：“快乐的时光，是云絮的/翅膀；充满焦渴的，/是我生命的诗行。//快乐的时光，是春天的/衣裳；来去匆忙的，/是我生命的诗行。//快乐的时光，是江河的/歌唱；无愧无悔的，/是我生命的诗行。”这看似多少有些矛盾的表达，恰是豪迈的中年之歌，书写了我对快乐的诠释。延安时代，曾经在《解放日报》耕耘过的“海归”作家陈学昭，著有一本小说《工作着是美丽的》，我年轻时读过，书里情节记不清了，但这书名一直深深镌刻在我的心中。工作着，多么好；工作着，是美丽的；工作着，就有快乐时光！

此刻，我又想起在岗时为党工作的写作与奔走，无数的遇见，无数的感动，诸如这张照片记录的当年访问河南刘庄书记史来贺的情景，想到他带领群众走共同富裕道路的先进事迹，他郑重提出的“合理差别，共同富裕”的思想，那闪烁真理光芒的睿智语言。奋斗，才有真快乐。

年轻的朋友们，我是多么羡慕你们，大把的时间握在自己的手里，可以移山填海，可以描龙画凤，可以创造神话；忘我工作吧，这是最好的事情，也是最美的事情，更充满快乐时光！

草地流云

# 雪花飘

过了腊八就是年，三九天想唱一句“……年来到”，却不见雪花飘。

盼雪，该是盼年礼，老天爷给人间苍生的礼物；雪花飘飘，即便不说瑞雪兆丰年，那纷纷扬扬的景象也给人们带来喜庆的感染。

记得1970年代，前苏联有一部小说《多雪的冬天》，那时社会上书荒，我辗转借到，一个通宵读完，觉得新鲜而发人思考，于今该书具体情节记不得了，但多雪的意象尚存，仿佛寓意有为之士多难多波折。冬天里，多雪固然不好，无雪更不好；那年，我的《党建絮语》出版，在“自序”里，开篇有这样一句话：“甲午马年春日，北京已百日无雨无雪，恰《党建絮语》编就，交付出版”。自然，这里有点故作与人不同之笔，然无雪的感叹是真实的，少雪乃至无雪总不大像北方的冬天，总是不大不小的缺憾。

盼雪的心情，只有童贞可比，喜雪的情怀大抵童话里可寻，当雪花飘落大地的声音，在我生命的键盘上回旋，会有清丽的诗句萌发吗？

# 春歌

说春歌，有点阅历的文学爱好者，大约会想到冰心的诗作《繁星》和《春水》，“春水！ / 又是一年了，/ 还这般的微微吹动。/ 可以再照一个影儿吗？ / 春水温静地答谢我说：/ 我的朋友！ / 我从来未曾留下一个影子，不但对你是如此。”“南风吹了，/ 将春的微笑 / 从水国里带来了！”这是上个世纪之初，冰心捧出的纯洁的爱心，那温婉的春天的问候。随后，我们会忆起诗人郭小川战士般高亢的歌声：“春天来了，/ 中国布满生机。/ 北方飘雪，/ 麦根儿在雪下伸腰肢；/ 南国花开，/ 布谷鸟在花间啼……”“好春天！ / 惹得世界欢欢喜喜”“好春天！ / 使天下皆诗。”（《春暖花开》）这是 1950 年代他为社会主义建设热潮摇旗呐喊。

郭小川的短歌，就其思想性与艺术性完美结合，给人留下鲜明而难以磨灭印象的，就有他创作于 1960 年代中期的《春歌》系列。“春风把人吹得心如红火，/ 禁不住要唱它几支春歌。// 春歌好唱不好作，一字一句都要用上千斤笔墨”“好八连的草鞋，雷锋的汽车，早在盛暑严冬中走遍高山大河”“现在，春天又在中国大地上降落，/ 呵，生活哟，如虎添翼，如树结果。// 现在，人间又加浓了万千春色，/ 呵，中国哟，山野增辉，四海生波”“战斗的烟云呵，一抹连一抹，/ 胜利的长河呵，一波接一波”“……胜利将和春天的诗情一样浓一样多”。春歌似火，燃烧着战士的家国情怀，可惜微文篇幅有限，不能完整地录入郭小川的《春歌》系列，相信就这样，我们已经感受到春天与奋斗的美好，感受到时代之光才是春之魂，而奋斗则是春天的主题。

郭小川不愧为时代歌手，《春歌》系列之后，还有《秋歌》系列，而后者更显诗人的勇毅与成熟。

春歌是绿色的，春歌又是红色的，“日出江花红胜火，春来江水绿如蓝”正可作注；冰心那春水般流淌的绿色的爱，滋润着我们的心灵；郭小川那战士的歌唱鼓舞我们奋勇前行，为人民建功立业，创造更加美好的未来。

# 春天的笔触

人们为中国古诗（旧体诗）所倾倒，那深邃的意境，精美的词语，厚重的文化沉积，等等，都是充足理由；那么，新诗呢，可有迷人的感情色彩、灵动的思想传达，让您心动而由衷地喜爱？

请看这篇《我思念北京》："我思念北京，难道仅仅因为：知春亭畔东风吐出了第一缕柳烟？/西苑的牡丹蓦然间绽放妩媚的笑容？/蝉声催醒了钓鱼台清流的睡莲？/谐趣园的池水绣满斑斓的浮萍？/金风飒飒染红了十八盘上下的枫叶？/陶然亭欣然沉醉于月桂的清芬？/或是傲岸的松柏覆盖了天坛的白雪？/红梅向白塔透露早春的来临？"读到这里，我们不禁感慨诗人对北京的一往情深，进而意识到我们天天生活在北京，对京城的自然之美却少有体会，更不要说工笔画般的描摹了，——嗨，还是我们对北京爱得不够深沉。

这篇几十年前的新诗，作者是著名诗人闻捷（原名赵文节），延安时代就开始文艺创作，后来活跃于大西北新闻战线，上世纪五六十年代相当著名的诗人，《天山牧歌》《复仇的火焰》等代表作为世人所传诵，因优秀新诗作品传承不力，不为今天的读者所熟悉就是了。

不知为什么，诗人命运多舛，闻捷于1971年受迫害自尽，一颗巨星陨落，留给世人难掩的悲痛。

☆春暖花开

# 人间四月天

中国的文学宝藏，丰富而深邃，一个人穷其一生又能探寻几多？比如，现代作家张爱玲、林徽因的作品，我就几乎没有浏览过。

春天了，一读林徽因的《你是人间的四月天》："我说你是人间的四月天，笑音点亮了四面风；轻灵/在春的光艳中交舞着变。//你是四月早天里的云烟，/黄昏吹着风的软，星子在/无意中闪，细雨点洒在花前……"，如一篇评论所赞誉的，这是一篇可以不断吟诵、可以不断生长出新意的天籁之作。林徽因的故事，是早已听说过，自然，是因读徐志摩而连带知晓的。有一说，这"四月天"一诗是怀念徐志摩而作，有的则说是林徽因为自己的孩子出世所写；这些也许并不重要，重要的是这首诗的艺术成就，值得我们珍视珍藏和学习借鉴。

四月天，无论南方还是北方，在人间，春光明媚，而你恰是这春天里的婴儿，满眼晨曦，充满希望！美好的画面、富有乐感的意蕴，那新颖的想象与用语，"笑音点了四面风""黄昏吹着风的软""雪化后那片鹅黄，你像；新鲜初放芽的绿，你是"，这类行文的精细、字与词的精心挑选，又仿佛不着痕迹，实在是堪称经典。林徽因的诗文，年轻人并不陌生，这可能是前些年相关歌曲、电视剧热播烘托的。多么好，你是人间的四月天！愿我们的青少年在新时代的春风里快乐成长，健康成长，茁壮成长，为源远流长的祖国文化建设赓续血脉，筑梦辉煌。

# 想到一个词

落了一场雪，春雪应该是绵软的，昨天傍晚，凭窗看那暗的背景下她悄没声的飘洒，不禁又浮想联翩，不过这次想到的却是关于语法修辞，自然，拾零而已。

汉字的奇妙，有时一个词比较陌生，倘拆开来猜，意思可能就显露了，譬如这“隐忍”，隐（藏）与忍（耐），合起来意思自明；把心事藏起来，勇于面对，甘于忍耐。这隐忍是英雄范儿，大作为，不是什么人都能够做到的，但也应该是凡人人生修为的一项内容，有总比没有好。

也有不能隐忍的，这里就不说了。

无论什么人，学点语法修辞总会受益，至少可以帮助我们好好说话，说不定还能引导我们写好文章。时下一些朋友在这方面不大留意——反正人人都会说话，文章嘛，实在要求写，“天下文章一大抄”喽。这样显然不妥，说话、办事，不可分割，不会说话，就可能办不好事，说话又是提升人的素质的内容，譬如人的有趣与否，就跟说话有关，“您会不会聊天？”这种批评或怨艾，多是因说话水平局限招致的。

写文章，更是这样，如何把意思讲清楚，把逻辑的力量通过语法修辞表达出来，政治思想类文章写得明白畅晓、生动有力，观点与材料相统一，有分析、有温度；沾点文艺范儿文章，讲点修辞效果，讲点豪放与柔婉、平淡与绚丽，等等。这里又想推荐那两本书，一是陈望道的《修辞学发凡》，一是胡裕树主编的《现代汉语》。

雪是昨夜就停了，再看雪大约待冬季了。外面道路湿滑，又疫情复杂，出门小心，多保重。

# 俗语入诗

俗语、谚语、俚语，通来自民间，为群众所喜闻乐见，为烟火人间增添生气、智慧和文化积淀。这类语言入诗，倘运用得好，贴切的比喻，恰当的形容，自然会为新诗注入活力，诵读起来，令人有别开生面之感。

在这方面，著名诗人郭小川的一些成功尝试，非常值得学习和提倡。譬如，他于1960年代深入林区体验生活，写就的“林区三唱”，就有许多精彩之笔：“三伏天下雨哟/雷对雷；/朱仙镇交战哟/锤对锤；/今儿晚上哟，/咱们杯对杯！”“财主醉了，/因为心黑；/衙役醉了，/因为受贿；/咱们就是醉了，/也只因为生活的酒太浓太美！”“山中的老虎哟，/美在背；/树上的百灵哟，/美在嘴；/林区的工人哟，/美在内。”再如，“三个牧童，/必讲牛犊；/三个妇女，/必谈丈夫；/三个林业工人，/必夸长青的松树。”看似随手拈来，其实这种深入林区，向工人群众学习，学思想、学语言，参加劳动，情感交融，词语提炼等，其思想境界、技艺功夫可敬可赞！

虚心学习群众语言，以丰富我们的写作与思想感情，对于从事文化工作的同志，是一辈子的事情，前提自然是以人民为中心，养成群众观点，精心为群众创作他们喜爱的作品。

# 落日

许多书，看过就不再问津，而有些书，看过还想看，每读一遍总会有新收获。譬如，床头这本《歌德谈话录》，病中翻翻，又滋生别样的感悟。

一位年轻人初见歌德，感受到智者的崇高，也体会到其平易与关爱；歌德邀他一起在魏玛的野外漫步，当他们看到了落日，歌德沉思了一阵子，然后朗诵了一句古诗：“西沉的永远是这同一个太阳。”接着说：“到了七十五岁，人总不免偶尔想到死。不过我对此处之泰然，因为我深信人类精神是不朽的，它就像太阳，用肉眼来看，它像是落下去了，而实际上它永远不落，永远不停地在照着。”读到这里，我的心灵又一次被深深地震撼；歌德作为一代思想家、科学家、文化泰斗、文学大师，对生死的解读，对人生的意义，该有多么值得深悟的启示。一个人逝去了，如西沉的落日，但他的贡献留在人间，他的品格与风范也留在人间，从这个意义上讲，他的精神不朽，丰富着人类的思想文化，将永远照耀人世间。

歌德的故乡在法兰克福，我旅欧时曾参观过那爬满常春藤的歌德故居，还写过一首小诗作为纪念。年轻时，我读过他的名著《少年维特之烦恼》，年长后读他这部文艺学百科似的“谈话录”……

★海岛归舟

# 忠告

继续说歌德。那天，歌德与年轻的诗人说，“你得当心，不要写大部头作品。许多有才智而又认真努力的作家正是在贪图写大部头作品上吃亏受苦”，他说自己在这方面也是吃过苦头。在随后的阐述中，我领悟到，他所以这样讲，更多的是让作家关注现实、表现现实生活。他明确地提出忠告：“如果作者每天都抓住现实生活，经常以新鲜的心情来处理眼前事物，他就总可以写出一点好作品”。言外之意，就可以避免因贪图写大部头劳而无功的苦恼和害处。歌德的教诲，穿越时空，于今仍是金玉良言，不仅对作家、文学青年，对各行各业的青年，都有着重要的意义。

歌德的诸多传世之作，是人间文化瑰宝，值得我们花时间仔细阅读，从中汲取营养，丰富自己，提高自己。

上一篇提到，那年旅欧时参观歌德故居，写过一首小诗，现在找到了，一并贴在这里。

**歌德故居**

陌生的城市，藏有一个
熟悉的名字，他的歌吟
曾伴我走过花季……

这就是诗哲的故居吗?
我的惊喜，蓦然开放，
沉醉在绿色的春雨里。
古老的常春藤，低垂着，
仿佛摇曳一串铜铃;
歌德，永远亲切的姓名。

这些天，有些倦怠，今天就不写微文了，录旧作一首，以搪塞，在这雨纷纷的时节。

**所谓最后一息**

所谓最后一息，
其实很简单：
倒下。可能声音
很响，重重的，
仿佛天堂的回声，
给人一个惊叹，
或者尖厉的叫喊。
也可能来一个慢动作，
自然，瞬间失去知觉，
并非故做表演，
如他一生的操守，
——低调而浪漫。

总之，如果无法醒来，

就是与美丽人间“拜拜”：
记忆消失，
情感消失，
消失的还有无尽的爱……
亲人可能会掉头饮泣，
墓地可能会开放诗句，
然而，时间将漂白一切，
包括我模糊的影像，
包括我清丽的歌唱。

如果我相信灵魂不死，
那时该有多么忧伤：
孤独地离去，
如风之空荡；
往昔的爱恋，
如琴之绝响。
不再吟哦背影，
那是淡淡的遗忘；
不再抒写温情，
那是飘渺的欲望，
爱曾让我们点燃生命，
彼此又为爱隔起高墙。
那么，还是无神论好。
倒下，不再有感觉，
无声地与世界诀别，
包括不看亲人的眼泪，
包括不听朋友的悲歌。

活着，就要珍惜生命，
而生命，并非无为地活着：
天空有灿烂的星河，
地上有创造的快乐；
让我们——
把时间精心打磨，
编织岁月的情歌。
人们说，我在故我思，
倘若不在了，
还会有思想吗？
那便是灰飞烟灭，
离开城市去寻找恬静，
走向乡村去迎接快乐。

# 出个题目

春夜悠长，出个题目，大家来作文：《归真 向善 唯美》

这是我许久以来思考的问题，联系当下实际，至今没有破题。

真善美，人类追求的至高想望，美学到达的至高境界。古往今来，多少传说，多少故事，多少历史遗迹，为这主题诠释，于是人间有爱，有崇高，有生生不息的烟火……

归真，是因为这“真”日渐稀缺，为人处世还是本真为好，职场争斗秘籍还是少传播些为好，不论是演讲还是影视；要奋斗，就要讲团结，而为人真诚恰是团结的基础。

向善，亦我所向往。人之初，性本善。笃信之。盼天下善如水流，一泻千里；善良，君子之美，亦万民之真；善即静好，即人之优之长，善与人同，说的是见到别人好，就向人家学习。这向善，学问大了，实在应该好好讨论一番。

不觉写长了，“唯美”则下次再论。

**唯美**

并非某种艺术或哲学主张，就是寻找、发现和表达自然、社会生活中的美感。倘被所谓唯美主义所纠缠，我将无语。

人世间的美好，人人向往。所谓爱美之心人皆有之，绽放的花朵，飘飘流云，孩子天真的笑脸，骑手矫健的身姿……

我们在审美，因为我们珍视生命、热爱生活，愿纯美至美洋溢美好家园。也有人热衷于审丑，前些时，书法市场丑书流布，以丑为美即是一例。当然，也有另一种审丑，如夏尔·波德莱尔的《恶之花》，同样是经典之作。

唯美，不过是一种向往，且有点“小资”味道，为人们特别是青年学生和大厦白领所乐道。唯美如果遭遇二人转演员，可能会产生意想不到的喜剧效果。譬如，甲摊开双手“完美啦”，乙则一本正经“有瑕疵”，俗人雅语，不免好笑。

朋友圈中，有一位网名即“唯美”，好名字，这里格外致意了。

# 微信体

文章样式流变，从古至今虽大体稳定，总还是在继续变化，如我现在于朋友圈发布的这些文字，就已经出离原来散文“随笔”藩篱，变得更自由更随意了。

一是短小，四五百字甚至更少，都谈不上篇幅了。二是随意开阖，忽来忽去，不甚讲究章法。三是灵动有致，段与段之间连接并不紧密，而且文章结束时或戛然而止，或引发余响。四是语言风格杂而多变化，文白混搭，偶有熟典（故）、俚语，有的甚至追求某种于不通中求通达。五是没有多少所谓“理论”，没有多少知识点，也不胜天上地下的神聊，而多家长里短（不乏家国情怀）的絮语，多少一些烟火气，也注意防止流于躺平的庸俗。六是求有趣。寻找自然之美，生活之美，工作（劳动）之美，人性之美，寻找事物（思想）的真善美，作为朋友间的亲切交流，以相互激励，走向完美。

这些要素，可以叫“微信体”吗？不好意思啦，又在忽悠了。总之，执笔神来，开卷有益，飞速发展的时代，时间贵如金，短些再短些；速递，那裹挟我们思想情感诉求愿望的信息，由此我们手拉手，心相连，朝着实现中华民族伟大复兴的美好的未来迅跑！

# 高兴

我的又一本新书《河边流萤》，将于近日开印，不久就可以与朋友们分享阅读的喜悦。该书内容就是去年冬天以来，我在朋友圈发的那些短文，大约200多篇，10余万字，20余张插图（均为照片），许多朋友都读过，不会感到陌生（自然，也就失去新鲜感）。原来微文是按季节走的，现在结集，就要分类，共8辑，依次为《红旗如画》《海阔山遥》《岁月走过》《光影追梦》《人到老年》《为文之道》《温情笑容》《云中点评》。

出书，总会有意义。这里充盈着生活的赞歌，即将过去的这一年，极不平凡，全党同志全国各族人民以学党史、开新局的雄健步伐，排除各种艰难，取得改革发展稳定的新胜利；党的十九届六中全会召开，形成新的重大历史决议；全民同心协力抗疫，风景这边独好，种种大事小情，让人感受到在以习近平同志为核心的党中央领导下，该有多么幸福和自豪，展望未来信心满满。微文以多样化的笔触，感世事，写河山，画梦录，谈人生，有学习交流，作心灵沟通，不乏激励，几多温情……

耄耋之年的写作，有快乐亦有辛劳，这辛劳多在“发表”，讲政治，行文宜多斟酌，结集更须谨慎，不可我行我素。至于纯粹文字的修补与调理，还在其次。

新书出版是喜事，我自然高兴，特别是这样一本有些特点的书，就要与读者见面，反映如何？不由得充满期待。同时，感谢出版社同志的关爱和帮助，这温暖，一如冬日的阳光，为我带来长久的感动！

# 第七辑

# 亲近自然

# 小自然

野外天地是大自然，大院风景为小自然，我习惯这样看，当然不是定义类表述。

人啊，年纪大了，往往不宜远行，大自然难以享受，就小自然了，在大院里或社区小花园溜达溜达。

自疫情发生以来，我很少外出，大院就是我的心灵田野。小自然，也不乏植物多样性，仅树木就有榆、杨、柳、雪松、银杏、杜仲等，加之开花的玉兰、木槿、贴干海棠、紫叶矮樱等，四季轮回，每日徜徉其间好不欢喜。草坪不大，但毕竟是草坪，风吹过，绿茵含笑，仿佛每一片草叶都是优雅的诗句。椭圆的甬路，有沉思的老人漫步，有孩子奔跑欢叫，偶尔还会有长尾巴松鼠窜过，树间有绶带鸟或喜鹊的掠影……

小自然也是自然，人与自然和谐共生，这该是一个缩影；生态文明建设，这里也是一个窗口呢。大院有如此明丽的小自然，不能不该感谢园艺工人，他们的辛勤劳作融入岁月的绿荫，锄草，剪枝，浇水，打药，那忙碌的身影引来多少感激的目光！

我向往远域天空，连绵的山脉，广阔的田野，奔腾的江河，向往亲近大自然的出发，但也珍惜小自然的绿意与温馨，珍惜生命与自然的和谐共生！

# 昆虫

清晨，在大院里散步，看到一只蝴蝶飞落在草叶上，碧草玉蝶，煞是好看。忽然想到一首歌，想到毛阿敏，想到“你从哪里来，我的朋友，好像一只蝴蝶……”久违了，这蝴蝶，这歌声，这人们喜爱的歌者。

大时代，大城市，昆虫往往为人们所遗忘。蝴蝶，多少美丽而神奇的传说所系，单说“化蝶”，从梁祝爱情故事提取的美妙音乐舞蹈作品；蟋蟀，因蒲松龄的《促织》那神奇故事而传播久远……

昆虫知识乃至科学，应该为人们所关注；万不可以为这是农耕时代的遗迹，而弃之如敝履。法布尔的《昆虫记》还是值得一读，特别是天真烂漫的孩子。

昆虫入药，乃中医学问，治病救人之功效，似不可小觑。不过，鲁迅讥讽的“蟋蟀，还要原配的”，则是神秘化的现象，实在应该剔除呢。

# 花鸟鱼虫之花

周日休闲，说点轻松的，花鸟鱼虫，这里说养花。

爱美之心，人皆有之，世上有谁不喜欢花花草草呢？居家过日子，客厅里摆几盆花，管它开花的杜鹃、蝴蝶兰，还是养眼的绿萝、龟背，房间立马生意盎然；阳台上养花，花开烂漫，芳香四溢，早早晚晚侍候着，慢慢地懒人也会变勤快了。养花可以修身养性，这是爱花的功德。

大凡养花，要有雅兴，更需要爱心。已往人说，花草皆有灵性，养花成功与否，关键看人们如何待她。初听，我还不信，以为迷信，后来我看人家生生把一盆垂死的杜鹃侍候活了，且开出繁盛的花来，才口服心服了。我亲见这位护花使者如何移盆换土，如何浇水施肥，如何通风光照，一边劳作，一边还絮絮叨叨与花交流，依稀充满爱怜。

养花不易，我有赏花雅兴，却少侍候花草的耐心，我的急躁劲上来，恨不得拔苗助长，一夜花开。所以，我从来不养花，免去失败的沮丧，也免去了花草的厄运，有时我想，这也许是爱花的举动呢。

# 花鸟鱼虫之鱼

有一段时间，我做梦都想养鱼，哪怕只有一个巴掌大的玻璃鱼缸、三五条小鱼也好，然观鱼之乐，却总难遂愿。

我尝试过养鱼。有朋友从官园花鸟市场购来一缸老北京金鱼，我摆在洒满阳光的窗台上，看那狮子头招摇、红尾戏清水，多么有趣，透出一种闲适美！然而，鱼是活物，那么好侍候？鱼食何来，如何换水，没多少日子，鱼们就一个接一个与我诀别，好不伤感。

会养鱼，甚至侍弄鱼的高手，也有满盘皆输、痛心疾首的时候。家乡有一位养热带鱼的朋友，房间里靠墙一溜六七大缸热带鱼，主人精心饲养，鱼翔浅底，自得其乐，我于惊叹之际不禁想到这该付出多大苦辛？次年省亲，忽然想起那坐拥几大缸精灵与财富的朋友，别人告诉我，那几缸名贵的热带鱼陆续死去，他伤心之余发誓此生不再养鱼……

世间人只知观鱼之乐，还有哲学思考，什么“安知鱼之乐”？至于什么“鱼我所欲也，熊掌亦我所欲也，二者不可得兼……”不过，这是讲吃鱼，有杀生之嫌，与这里的主题无关，就不絮叨了。

养花不易，养鱼更难，一旦成瘾，成为一种嗜好，就会难以自拔，不免吃苦头。但有志者事竟成，不是一般的玩玩，而是以此为人生追求的一个目标，就会百折不挠，失败了，再奋起，终会成就一番事业。

妙哉，观鱼之乐！但愿伴古典文论，也知鱼之乐！世界多美好，人间乐趣多，让我们满怀喜乐，去迎接新的一年的到来！

# 花鸟鱼虫之虫

当然不是“大虫”，武松于景阳冈遭遇到，并因之扬名四海的那百兽之王老虎，虽然明年恰逢虎年。侍弄花鸟鱼虫，不过是雅人闲趣，没人把老虎供在家里求神旺的。

那么，这虫虫，若真养起来也有限，常见的，也就是蛐蛐儿、蝈蝈儿这类昆虫，听说还有养蜥蜴一类爬虫的，多为国外的孩子有此爱好。蛐蛐儿，即蟋蟀，人之好斗，也许与此有关，与聚众赌博也有关联，此节目自古以来绵延不断，老北京更是喜闻乐道。蒲松龄笔下的《促织》，就是围绕蟋蟀表现的人世间的悲欢离合。老北京养蟋蟀的小罐颇为讲究，早年间在哪个民间的小博物馆里见过，听说现在市场仍可淘到。

我熟悉的是养蝈蝈儿。已往我在微文里叙述过捕捉蝈蝈儿的趣事，今天讲养蝈蝈。儿时在乡间捉到这厮，即放到用艾蒿编织的草笼里喂养，一笼一虫，不可多放，避免相互掐架。每日喂以南瓜花，倘不愿鸣唱，就喂红辣椒。蝈蝈儿的吟唱，早早晚晚颇有情趣，特别是夏日中午，似可催眠。城里生活，蝈蝈儿也可以养，只是如果家人或邻居嫌吵，就没办法了，除非你顽皮“豪横”，或聪明伶俐，特招人待见，但长期喂养是肯定没戏。

蝈蝈儿中，也有凶狠角色，仿佛黑头、绛色羽翅，也可以组织“斗”局，不过少见就是了，而且多是学龄前儿童的把戏，没多大意思。

花鸟鱼虫，“鸟”就不写了，我爱飞鸟，不赞成置笼养鸟，倘写就写画鸟、拍鸟（而且我反对摄友把拍鸟说成“打鸟”），请给鸟以圣洁的蓝天和雄健的翅膀吧！

# 白果

刚刚歇息一阵子，就有朋友催我写作，“最近的微文呢？盼望着。”这样，今天打起精神又启程了。

那么，说白果。白果是银杏树（又称白果树）的果实，可作食品，也入药。入秋，大院甬路旁的银杏树果实累累，平添不少喜气。一场秋雨过后，落下尚未成熟的白果，有车碾过，散发出难闻的味道；就是成熟了的白果，被人打落，将剥去的外皮随手扔掉，同样臭气恼人，而且路面不好洗刷，这样不免流失了些许我对白果乃至银杏树的美好印象。

由此想到，所谓完美，大抵是总体而言，天下哪有十全十美的事物？银杏树之美，深秋季节一片耀眼的金黄，点缀风景，入诗入画；银杏树的功劳，绿荫之外，从叶子到果实，药用价值世人皆知，亦不可等闲视之；然倘不小心，果实落地无人料理，也会妨碍环境卫生，需要清洁工人费心维护，也需要过路君子自爱，不要随意打白果、弃果皮。

关于银杏树与白果，大约还有许多话说，这里就此打住。

# 南果

这里表的，不是南方的水果，是辽南的南果梨。家乡没有更多可夸耀的特产，惟这南果梨天下第一。

南果梨个头不大，其体积与鸡蛋相仿，不过是圆的，成熟时（一般中秋节前后）色泽金黄泛出红晕，如小家碧玉，她的独特之处，在汁液甘美，清香四溢，吃过再难遗忘。缺点是难以保存，大约十天之后即开始变质，表面可能尚好，内里已经“上火”，发黑。早年间，因交通不便，不能远销，其种种美妙自然外地人知之不多。现在交通便利了，又有了保鲜技术，全国各地人都有口福了。

梨，放眼全国，知名的，诸如山东莱阳梨、天津鸭梨、河北雪花梨、新疆库尔勒梨，等等，何其多也。南果梨，则藏在深闺，少有人知。几十年来，据我观察，北京人接受她，就有一个过程；当初这里土特产展销会，南果梨几乎无人问津，待水果市场开放，一些摊位摆出上好的南果梨，且允许人品尝，就日渐开张了。一个时期，北京人喜欢的京白梨（与南果梨味道有点近似），不知什么原因见不到了，这样，南果梨销路更广了。遗憾的是，南果梨的价格至今仍处高位，想来还是储存的瓶颈没有解决的原因罢。

我的家乡鞍山，有风景名胜千山、人杰地灵的海城，都是这人间圣果的产地，金秋时节前去游历，可以吃到熟透了的果实，如同到西双版纳吃菠萝，到三亚吃香蕉、喝椰汁……

对吃喝，我显然外行，而说南果梨，实在是乡情涌动，不无骄矜，也是希望朋友们有暇或偷闲去东北走走，品尝大东北美食，感受辽阔与火热，特别是金秋季节。

# 水杉

傍晚，凭窗远眺，平台花园有一树红晕，仿佛在雾霭中飘摇，我知道，那是一棵年轻的水杉，虽然容颜已改，经雨雪销蚀，周身如披铁锈，但依然坚挺，变得稀疏的枝叶宛若御敌的盔甲。

据说，水杉亦珍稀物种，不亚于银杏的古老；那年初见水杉，感到多少有些神秘，我触摸那有着精致花纹的叶子，写了一首纤细的诗《水杉的气息》。许多年以后，我到信阳黄柏山中游走，发现水波潋滟的天池背后，隐藏大片水杉林；树高蔽日，英姿骄人，让人流连忘返。于是，兴奋之余，又写了一篇《水杉》，其中有这样的句子，“而今面对 / 成片成片的水杉，/ 惊喜，如蓝天飘洒的太阳雨，/ 愉悦，似林间升起的月光曲”，另外一首诗《天鹅孵蛋》“多静的地方，/ 会有天鹅孵蛋？ / 多美的地方，/ 会有传说如梦”“巴茅飞白时，/ 树树水杉红”，生态绝佳的大山中，深秋季节的水杉呈现迷人的红艳。

小雪节令到了，北京还会下雪吗？水杉也许会在风雪中再落下许多叶子，但相信它风骨凛然，静待来年春暖花开，重新展开墨绿的叶片，那奇妙的花纹该有新的诗意栖息，呼唤我们去书写。

★蹚过岁月的河

# 花语

都说是鸟语花香，其实花亦有语，不过难解而已。

昨天中午阳光甚好，走过街角，忽见一侧栅栏缝隙间有两朵待放的月季花苞，攀缘的月季叶子尚绿，我不免惊诧：神了，冬月里，月季花居然还在，虽然这花苞明显是过去时。我凝视片刻，不敢触摸，怕倏忽坠落，折断它的春梦。

花木多有灵气，冬日里偶尔你会看到，满树光秃秃的，偏有一片叶子挂在高处，就是不肯落下，任你风吹雪压。眼前这两朵月季花苞就有些奇幻，就要开放，忽然改变主意了，定要越过严冬，与春天约会。对此，我一时亦喜亦忧。月季花是北京的市花，不胜光荣之至。不必远游，探访京都月季名品，只要随便看看路边攀缘的月季花影，就已沉醉于幸福美好氛围之中。冬季，在北方，外面已万花凋零，这株月季竟然花苞冬藏，为人们留下美好的记忆；忧的是总会天降大雪，那时则难保花容宛在……

花有此心，人又何尝不会怀此宏愿？岁月走过，心灵保鲜，冬日里依然不肯凋谢，惟盼春天的约会美好，碧草连天，万紫千红，管它能否度过漫长的冬天，先让他仰天高呼“再给我五百年”！

# 蜡梅

下楼散步，发现阶前那株蜡梅，含苞欲放，树间挂满闪烁的金珠，依稀传递春天的消息。

想到前些时候，家居南京的老朋友曾发来一张图（就是此图），说是这腊梅院中采撷，江南春早，遥寄一枝春了。那时，北京尚寒风凛冽，毫无春意。

此刻，眼中的蜡梅色如蜜蜡、形若金珠，疏密相间，看了好不欢喜！千里之外，文人积习，见待放的蜡梅，不禁吟诵那首古诗“折花逢驿使，寄与陇头人；江南无所有，聊赠一枝春”。那么，再给江南的朋友回寄北方一枝春，以示慰问。

看花自感一枝春。这里说的是对春天的感觉，也是对生活的热爱；一元复始万象更新，春天里我们生气勃发，欣欣然前行，内心该充满喜悦豪情。

说起来也蛮有趣，这蜡梅俗称腊梅，并非梅花类，其实是落叶灌木，属蜡梅科，而梅花属蔷薇科；不过看花也不必这么古板，何况蜡梅的早开，凌寒怒放，很能表现中华民族不畏艰难困苦的坚韧性格，值得格外书写一笔呢。

# 二乔

二乔玉兰，倘望文生义，就会联想到《三国演义》中那两位至今仍让人艳羡的绝世佳人大乔小乔。然而，不对了，这二乔与那二乔全然不搭界，没有故事缠绵，没有传说浪漫，实在是植物学家不假思索的命名。

所谓二乔玉兰，不过是两种玉兰的杂交品种；白玉兰比较高大，为大乔，紫玉兰相对矮小，为小乔，经杂交两个品种的优点集于一身，即是“二乔”，有了一个令人想入非非的芳名。

无独有偶，花中也有“二乔”，即二乔牡丹，亦称洛阳锦，花朵为半紫红半粉红两色，为牡丹名品。这花则与三国故事有关联，以倾国倾城的东吴佳丽大乔小乔名之，凸显此花之名贵！二乔就是二乔，言其绝代之美即可，不须回望烽火赤壁，再说什么折戟沉沙，什么铜雀春深，让大乔小乔姐妹携手过牡丹花海，为我们再现春光明媚的图画吧。

# 春望

三月的北方，早春的景致不免单调，迎春、连翘的枝条变软，但望春玉兰依然沉默不语，花朵的影子也不见，只有蜡梅暗香浮动，仿佛提醒人们，冬天还没有离去。

一冬天足不出院，心静如止水，春天了，外面的世界一定很精彩，想撒个欢儿，出去走走，腿脚又不给力了。那么，只有盼春天的脚步加快，等待大院里迎春花开，山桃花开，玉兰花开——直到“红杏枝头春意闹”，这个“闹”的意境出现，颜色如胭脂也好，蜂绕蝶舞也好，总之，闹起来了，才是春天的本色，春天的真实，春天的动人之处。我呢，可以在平台花园的亭子里闲坐，一观这满园春色。

早春的寂寞也是寂寞，无声，无色，无诗，无画——自然，又不同于冬天的寂寞，毕竟春天到了，可以声闻，可以触摸，变化的气候、风物，以及人的认知与情感；这寂寞该是热闹的前奏，再多一点耐心就全有了，准备投入春天的大合唱！

★望春

# 繁花

几天没下楼，凭窗远眺，平台花园里那棵望春玉兰仿佛盛开了，衬托周围更显空寂了。家人告诉我，这花开了几天了，因为雾霾搅扰，仿佛没有引起人们的注意。

不对啊，“三八”那天我还去看过，枝头那毛茸茸的芽儿静静的，毫无绽放的迹象，那么就这两三天，倏忽怒放，且满树繁花?

“忽如一夜春风来，千树万树梨花开”，这古诗是冬季触景生情，想象的则是春风，一夜，千树万树梨花白；这望春玉兰开，也是一夜之间、倏忽一瞬，大自然果然奇妙得超乎人们的想象。

那么，势也?时也?势者，力量之惯性趋向；经过一冬的蕴藏，能量积聚，到了破壁的运势。时呢，本来时光流转到春暖花开之季，这几日气温节节上升，时不我待，就绽放吧!

一时心急，下得楼来，步入园中，见满树繁花，雨后更显精神，这就是早开的玉兰——望春玉兰，花朵不免娇小而颜色不够鲜明，但领先一周绽放，也是真难为她了。

与望春玉兰为伴的，仅有花园一角的迎春，那灿烂的明黄，映得人们两眼发亮——春天，北京的春天真的来到了!

# 出去就有风景

出去就有风景，君不见广达兄去海南，于飞机上拍下风景，万米高空俯瞰大地江河，多生感慨，还赋诗一首，与朋友们分享其喜悦；我呢，蜗居一隅，终不能走出去，可如之何？

今日下午，阳光尚好，气温上升，小睡初醒，忽作决定，走出去看看。果然，出去就有风景，或曰出去就是风景。出北门，即是长河，杨柳岸东接万寿路，西连西翠路，对面临河有一公园，不知谁之疏懒，至今没有命名。入得园来，不见亭台楼阁，松柳相望，花木稀少亦平常，唯一木板铺就的栈道格外讨人喜欢，朝晖夕阴，散步的人们行走其间，仿佛脚下能踏出歌声。这会儿，我又一次踏上栈道，数月不见，好像生分了许多。园子里人不多，大都摘了口罩自由地呼吸，迎面走过则匆忙戴上口罩，以表示无言的尊重。积习使然，我掏出手机寻找风物、色彩，于是拍了一些秋叶，一并挂在这里，聊补行文寂寞，留取秋之纪念。

# 看山

年纪大了，想看山景，不须远行，北京郊野就够您游走。

就说房山，十渡驰名遐迩，山绕水环，一渡一景，刚柔相济，又四季不同，宛如画屏。更有白草畔，山路盘旋，登顶俯瞰峰峦起伏，若潮水涌动，好不壮观！再放眼远望，依稀山势倾斜，呈现万千气象；此刻，正可吟诵江山如画，抒发报国情怀……

想掉书袋，引《论语》“知者乐水，仁者乐山”，怕出笑话，查相关资料，而后不禁住手，从仁者乐山的“乐”字读音、含义，到名人的诠释，好嘛，古之朱熹，现当代王力、杨伯峻，以及余秋雨辈，众说纷纭，热闹非常，谁人还敢张口？仁者如山呢，还是仁者喜欢山？还是二者都蕴含？其实人们不一定想知道很多。想到这里，我也记不得当年在人大读“古代汉语”课程，老师是如何教的；又想到，1960 年代考大学时，曾执意要报考北京大学中文系古典文献专业，幸好 1962 年没有招生，如今省去多少烦忧。

还是来房山踏青罢，也可以依自己的理解，感受一下孔夫子“乐山”“乐水”的情怀、格局，道德文章，一时不够精准也无妨。房山看山，不只看山景，这里同时有人文圣迹，让人神往，诸如周口店龙骨山北京人遗址，藏经宝地云居寺；还有远近有名的美丽乡村韩村河，韩建集团，建设社会主义新农村带头人田雄的故事，至今仍在流传……

★白石山即景

# 浴

近午，我在院中花园亭廊端坐，晒晒太阳！——唔，日光浴，暖暖的秋阳，清新的空气，这大自然的恩惠，这无边的爱抚，不由得让人生发联想。

20多年前，也是一天近午，我在神农架原始森林中徜徉，林区的小朋友告诉我，可以体会森林浴了，这一提醒，果然感受空前。有诗为证，“细观大树倒覆、古藤缠绕 / 枯叶流泉，/ 仿佛时光徘徊。// 林高不见天，/ 微光照青苔，奇妙森林浴，/ 恍若上瑶台”（《森林赞美诗》），还有，“你说，美妙的森林浴，/ 可以吸收微量元素，/ 可以荡涤山外尘埃；/ 然而，忙碌的生命充满焦渴，/ 找不到灵魂栖息的所在”（《原始森林》），森林浴难遇，日光浴则容易获得，自然，按照现在的发展趋势，城市森林一片片出现，积以时日，森林浴也是可以期待的，——让我们祝福十八大以来党领导我们取得的生态文明建设的辉煌成果；你看，清新的空气，灿烂的阳光，美妙的森林，遍地花草，一切的一切，多么令人沉醉！存在感、代入感、获得感、幸福感（还有什么感），洋溢在我们四围，推动着我们向前。

# 晚秋

朋友们纷纷报告“今日霜降”，这秋真的即将别去？仿佛刚刚承受秋阳，仿佛秋叶还没有舞动色彩斑斓的长袖，再“仿佛”也枉然，不要惆怅，节气有序，看似无情也有情，冬天的抒情诗正在广袤的大地上酝酿、构思，期待您的阅读、分享！

霜降。晚秋，毕竟还是秋，北京钓鱼台国宾馆的枫叶大约还没有吐露红艳，其院外的银杏带该也没有闪耀明黄，眼见得秋天的脚步在人们中间流连，流连……感谢秋，给我们收获的喜悦；铭记秋，带我们游走金色的岁月；准备送别秋，由“天凉好个秋”到多少有些肃杀之气的严厉，到现在这充满依依惜别秋的凝视。我想说，秋天，多么美好！在这遍地霜凝真爱的诗句里，我们体会四季轮回的生命真谛。

晚秋，让我最后抚摸你成熟的作品，望着你渐渐远去的背影，道一声珍重！

★又见水杉

# 叶子在落

此刻阳光正好，虽然雾霾未退，毕竟是轻度污染，我呢，每日的散步在继续。有风来袭，白蜡树叶随风如雨飘落，青黄交错，凌乱不堪，贴着马路沿沉积，没有美感。白蜡树干，我在路遥的中篇小说《人生》中初闻（那故事这里不便言传，有兴趣的，可以找来一读），近日留心院里树上挂的牌牌，才看到其挺拔的身姿。

落叶树终究是要落叶的，大自然规律使然，不以人的意志为转移；叶落的景象谈不上悲壮或悲哀，只是告诉人们，冬天快到了，《千字文》中所谓“秋收冬藏”，若树亦有情，则卸去枯叶，蓄势待发，准备孕育新锐，迎候春天。

走着走着，迎面走来 L 领导（以前作文赞过），依旧由小保姆挽着，另一只手拄拐杖前行。我忙停步致意，她也停了下来，小保姆让她向我说“你好”，于是她机械地重复“你好”！唉，曾经风云际会的女界领导，社会活动家，于今衰老至此，我眼窝一热，差点淌下泪水。互相摆摆手，又各走各的路。一个单元住着，这位高邻虽衰老，意志弥坚，这四季不停的步履，就是一道明丽的风景。

# 秋去也

秋去也，如湖面的涟漪，波纹散开去，也是恋恋不舍呢。

平台花园，悬空的凌霄花，花朵是早已落尽，枝蔓上浓密的叶子开始变色；地上的玉簪花，长长的阔叶已经枯萎；金银花丛仍然有花，似不服老的妇人，在吐露心愿，知道再挣扎也是枉然。惟池中养肥的锦鲤，一时匆忙聚集，有的还把俊俏的O形嘴巴伸出水面，是在齐唱“欢乐颂（送）”吗？

秋去冬来，看不够四季风物，四季风采；霜降之后，放眼八方，还有满山红叶，满树金黄，可以欣赏，一泓秋水倒映热闹起来的秋山，我们该以盛大的收获歌唱凯歌行进的新时代。

# 望春

天天写，还要多少有新意，不容易。今天说望春玉兰。

大院有个小花园，我称其为平台花园，其实不确，今天散步走向平台，偶然一瞥，发现管理处的门楣上方有“颐寿园”三个大字，看字体和气韵，我知道，这是我们的老部长陈野苹手迹，于是恍然，这园子应该叫颐寿园无疑！至于老部长何时题写、应谁之邀等背景材料一时尚不得知，且留待以后再叙。

单说这花园里，有一亭，红柱绿瓦，里面还有花鸟彩绘，虽然不大，尚可供人歇息，也可暂避雨雪。亭前临水有一棵茁壮树木，高高大大，又不乏秀美，原来这是“望春玉兰”，十分抢眼。想来时令已入冬，不仅无花，叶子也早已落尽，没有什么风景可以观赏。今天我来到花园，时值中午，北风渐息，阳光灿烂，看这望春玉兰枝干挺拔，仿佛加快迎春之旅，柔韧的枝头居然生出毛茸茸的“狗狗”，莫非这就是最初的“花苞”吗？须知凌厉的风雪还在后面，你能够扛得住吗？

我知道，这望春玉兰，又名望春花、迎春树，早春二月（阳历三月）即率先开花，五六天后一般玉兰花才开放，“望春”身高可达25米，真玉兰家族伟丈夫也！其花朵虽没有白玉兰大，但疏密相间，淡紫盈盈，满树生辉，颇为激发人们的春天情怀，向上志趣。

冬日里谈说花木，该是一件令人愉悦的事情吧！

# 畅游

遍地春光，请君快意游走，以享受大自然的恩赐，实现人生该有的欢乐。这就是我所谓的畅游。

畅游，可以是一己独行，信马由缰，于芳草湖畔，或河之柳岸，悠哉游哉，自有其乐，不可言状；可以是情侣携手，穿行樱花如雪的小径，笑音夸张，或默片传情；也可以三五知交，于山间野坡席地而坐，杯酒尽欢，醉数闲云……总之，无论哪种，身心愉悦，心灵畅快就好。

畅游，从一个方面体现了李白“人生得意须尽欢”哲学，所谓“得意”，快意而已，并非得大富大贵，金榜题名，高官厚禄，等等。畅游，尽欢，一境界也。

自然，畅游也须条件，一是身体允许，可以自由行走；一是心情尚好，有游走之雅兴；还有，就是衣食无忧，倘无米下锅，或无房留宿，还是先觅食寄宿，畅游之事留待明日不迟。

既然畅游之举可以归入“尽欢”，那当然是人生福分，不可不珍惜。奋斗之年，勇于奉献，同时宜有张有弛，有劳有逸，于是畅游就提上日程了。游就畅畅快快，达“尽欢”之境，趁年轻力壮，精力充沛，须知从垂暮之年想畅游，大半为梦想矣。

人间最美四月天。朋友，李白在前，畅游，尽欢！

# 第八辑

# 感动平凡

# 早上好

无事扯闲篇儿，说说朋友间的日常问候。

清晨，早上好，或早安，二者没有分别，都是简洁的相互问候语，那么问了“还有繁复的吗？”有啊，上百度查询，百十条不止，道理很简单，有人吃这碗饭。也许“早安”更书面些，原来我以为是从“请安”演化来的，经查，“请安”内涵与此有别，据说是满族礼节，与仪式感动作相配，自皇帝被赶走，动作废了，“请安”的规矩还是在的，分长幼尊卑，小辈对长辈，下级对上级，才为请安。自然，这些“俱往矣”，无须再提。现在说“请安”，文章里，不过为了增添一点文字的“古色古香”，一点幽默感。

致早安，重要，一夜过去，是否安好，于今无论从哪方面说，都有必要，也可以说这是在“刷存在感”；岁月静好，首先是大家“早上好”！有了早上好，才会有上午好、下午好、晚上好。

上午好，不同于早上好；早上好，是问候，连系千般情谊；上午好，则多半是打招呼，含义多少有些差别；下午好呢，与上午好相仿，一般是镶嵌在首长或专家学者流报告会讲话的开场白中，打个招呼，表示礼貌而已。

微信群里清晨相互问候最暖心，都在，都在；安好，安好；在工作，在游走，在发呆，在期待……

还要选一张图，还要写几句话，家常的，或哲思的，或微言大义，或开开玩笑，无疑都是挺感动人的。这就是友情啊，这就是生活啊，这就是人生啊，这就是时代流啊！

# 每天

依托手机的便捷，天天写，转动时光的“经筒”，书写生活的美好，礼赞生命的光辉，这已是我每天的功课。

题目嘛，总会有，如四季的花朵次第呈现，因为生活之树常青，我们的思想和创造就不会枯萎。发现和书写“真善美”，开掘和提炼生活矿藏，实在是一件功德无量的事情。年纪大了，为朋友之谊，为社会服务，能力日渐弱小，机会也愈来愈少，而这种方式也许是最佳选择了，耄耋之年，再不要空泛地喊什么“老有所为”。

天天写，我不乏快乐。有时我想，比如在种一块田，春天油菜花烂漫开过，结籽收获，然后育苗插秧，伺弄水稻；或者栽花种草，大地芬芳，传播喜乐。有时我想，比如造屋，一座座玻璃房子，阳光穿过绿树的枝蔓，照在了落地窗内，茶已煮好，可以闻香读诗了……

联想总是生动的，写作的快乐也许尽在思想的飞翔！

雪，昨晚就停了，今天太阳出来，大约道路难行，上班的朋友出行留意防滑，注意安全。明天就是元宵节，年也就过去了，祝君节日快乐，诸事顺遂！

# 出门

出门才有风景。近来，我一个人常常发出这样的感叹。

疫情笼罩、离群索居，对于老年人，简直是空前的摧残。不能出门，游山玩水的机缘没了，探亲访友的因由也没了，这游走的羁绊，心灵的孤寂，如何排解？“仰天大笑出门去，我辈岂是蓬蒿人”，李白再伟大，这不得出门，也是难得一笑，管您是何等不寻常！

老话说，“在家靠父母，出门靠朋友”。信然。无论公出还是私行，出门总要麻烦朋友，至少远近迎送，杯酒尽欢，搭上不少时间和精力，有时回忆起来不免感到愧疚。年纪大了，有时出京，还要朋友陪同，就更是不好意思了。您看，不是应了那“出门靠朋友”？

不能出门了，同样需要友情。电话、微信嘘寒问暖，通报平安；见与不见，回忆温暖；春茶来寄，夏桃相送……聊以弥补不能出门相聚的缺憾。

出门好，这多期盼。相信总有云开雾散，疫情消退时，在新时代的丽日蓝天下，吟高山流水，与朋友唱和，遥致李太白：您是诗仙，而我辈皆是蓬蒿人。

# 宽慰

就要过年了，微信往来，大都一个主题，就是温暖的祝福。身强力壮的人们，精神抖擞，辞旧迎新；垂老之人则各有心事，特别是老来添病的，譬如在下，难免滋生愁苦，而且无处诉说。

今天中午，我踅入老人角，倚长椅晒太阳，忽然接到协和C主任的微信，询问病情，给予建议，并致虎年祝愿，话语里透露年节的亲切问候，彰显医者的仁爱关怀，瞬间我仿佛是一张沉寂的卡被激活，不觉振奋起来，这一切与普照的阳光融为一体，带给我深深的感动与无边的宽慰。

人世间最可宝贵的，应该是人文关怀；医者之所以历来受人尊敬，誉为救命菩萨、白衣天使，大抵因为他们多有悲悯情怀、仁爱之心，而这种美好于今在市场的负面影响下，正悄然稀释，日渐远去，而这也是我们最不愿意接受的事实。

不要一味地抱怨种种客观，还是都来呼唤和倡导医者仁爱之心，拾起“悲悯”这人性的底线，再加一个时代的高音“以人民为中心”，这样，至少垂暮之年的人群会得到宽慰，展露笑容。

医界新风乍起，其他领域也会随之而动吧。惟愿如此。十四亿人总归是一家人，也许我们该相信这爱的力量。

# 红星海

想家了。大连，住着我的老母亲，97 岁了，病中，已经没有许多心事，但少有笑容。附近有海，红星海是一个海湾，不远处新楼林立，家人有住那里的。已往我回去省亲，喜欢陪母亲到那里漫步，拍照、用餐，家人团聚，其乐融融。

红星海西望，是大连油港码头，塔吊成行，夕阳下海面泛着金银之光。北面是童牛岭，山顶有金童驾牛，凌空欲飞，自然也有故事演绎。不记得我回去时，母亲是否登高一望。

红星海，名字取得蛮好，有时我想。大连是个红色历史城市，过去小学课本里《毛主席看望关向应》课文，感人至深；这位被毛主席赞誉为“忠心耿耿，为党为国”的共产主义战士关向应就是大连人。

疫情阻隔，又一两年没有回大连了，春来红星海，母亲虽不能到海边散步，她有时也许会想到海滨，想起往日的欢乐情景……

红星海，我又一次想念你！愿山河无恙，家人平安，健康，快乐！

★海色

# 奔走

一个人老了，疾病缠身，他回忆往事引以为慰安的，或表达余生愿望，大约应该是“奔走”二字。在我，2019年末我还襟家国情怀，勉力奔走，应邀去河源，到遵义，走德阳，一个人拉着行李箱，赶航班，搭高铁，奔波不息，乐在其中。

咔，疫情来了，破碎我的远行梦，任心旌摇晃，不得外出，我系念的长征国家文化公园建设，红军坚持南方三年游击战争纪念园、商城起义纪念馆，以及乡村振兴论坛等活动，都不能前去参加。随后这两年，足不出院，疾病上门，再美好的想望也难以开启。开始意识到自己真的老了，可能是“奔走”的终结了。想到这里，不觉怅然若失：如此心气低下，步履沉重，“我当真老得百无一用了？”

奔走，这是一种昂扬的生命气象；文言中，“走”有跑的意象，如《木兰辞》中“双兔傍地走”，即两只兔子贴地跑的描写。奔跑，才是生龙活虎的战士的姿态，才是奋斗者追逐梦想的本色。耄耋之年，壮心不已，但毕竟跑不动了，该寻找更适合自己的为社会服务的方式。

即便是严冬，天气好时，我催促自己到外面走路，我也赞美过风雨无阻坚持走路的芳邻；有时我甚至想象自己在院中奔跑起来，风声过耳，呼吸好欢畅，那兴奋的喘息依稀灵动的哨音，在礼赞与时代同行！

# 微笑

冬奥会，冬日里的阳光世象，那温暖而明丽的阳光，就有志愿者的微笑！

微笑，人间最美的表情，是阳光，是轻风，是真善美的写意，是人们之间心相通、意相连透明的纽带，是春风杨柳中飘拂的中华结……

在北戴河疗养院，我感受到最甜的微笑，那是来自一些省市暑期服务的学生，春花般的女孩、白杨般男生，微笑里饱含真诚，伴以“奶奶好”“爷爷好”！这次收看冬奥会节目，又感动于志愿者们伴以肢体舞动的微笑，各国体育健儿带走了友谊的微笑，带走了心灵的阳光，也带走了一起向未来的愿望、信心和力量。

我这人拍照难得笑容，但“遇见”，总会有真诚的微笑；理解，有会心的微笑，发自心底的微笑。

在鹿城包头时，一位著名诗人，我的老师戈非，《矿石吟》作者，他为女儿取了个好名字，叫“笑微”；诗人戈非早已逝去，他的那些瑰丽的诗篇仍在流传，也不知他的爱女现在生活可好？

# 海淀下雨

仲夏时节，我写过一篇“北京下雨”，那次气象预报雨情严重，人们关注有加，结果我居住的海淀，雨势不大，以为预报不甚准；次日与朋友通话，全市降雨还是挺大，惟海淀一带“洒洒水”而已。

今天从早到晚，雨淅淅沥沥下个没完，中午有预报今晚到明天有中到大雨，看这迷蒙的天空，像！

天气预报，是人类认识自然、观察气象，为群众生产生活服务的重要信息源；总的说，愈来愈准确以至精准，当然，天气变化受多种因素影响，失准的情况也不是不可能的，而这些，我们应该给予理解和包容。倘有出入，冷嘲不对，热讽也不该，如夏天那次，雨前段子满天飞，以此找乐儿，就嫌不厚道了，相反，应该多体谅气象部门的辛劳与不易。

那么今晚海淀的雨呢，隔窗俯瞰，河边的路车已拥堵，“三秋”大忙，秋雨还是节制好，海淀无恙！

# 又过老人角

题目有点故作斯文，其实这老人角（大院里有两处是我在微文中给起的名字，一个是平台花园，一个就是这老人角），我每天散步都经过这里，倘命题为“天天走过老人角”，自然也是可以的，但不好归纳陈述，因为此前写过一篇老人角，这篇叫“又过”可能更自然些。

老人角东、北临院中大通道，蜗进这一隅相对清静些。但如今老人们多不喜幽静，他们出来，拄杖而来也好，轮椅推来也好，图的是透透气，与人见面，图的是走出寂寞。你看，此刻一个刚刚上学的小男孩，开始“沦陷”，为几位老奶奶“斗笼”着。叫什么名字？不告诉您。上学了？一年级。给奶奶唱个歌？不会唱。于是奶奶们装作不悦，不再问询。现在该男孩说话了：我唱个歌吧，刚学的，不过我唱不好。老奶奶们这时绷不住了，忙说“唱吧唱吧”。一曲未了，男孩开始自报家门：我叫欢欢，7 岁半，喜欢吃猕猴桃，爸爸叫某某，妈妈在某某部上班……原来是个小“话匣子”。奶奶们接过话把儿，纷纷夸男孩是小帅哥，聪明伶俐，招人疼，云云。

夹道的银杏树，叶子黄透了，在其果实落尽之时。时间近午，天阴欲雨，爷爷们不能久坐，老人角成了老奶奶们的乐园，岂能放过这么可爱的小乖乖，一时间舒坦的笑声不断，老人角变成欢乐谷。

# 寻找文化

走出去，看了风景：公园里有路，蜿蜒的路；有树，日渐成荫的松林；有花草，早樱和紫薇从春到秋；有练功的平台和歇脚的长椅，但行走其中，总感到缺少点什么，缺席的是什么？俄顷，以手加额——缺文化嘛！

并非呼唤高亢的凤凰传奇，还有那热舞的大妈，我在寻找切合这个公园的文化符号。

好不容易迁走了这里的棚户区，好不容易安排了这样林木葱茏的大片绿野，总要有些人气，总要服务群众，首先是河两岸的社区群众。总要有一点音乐，有一点图画（哪怕是公益广告），有一点体育设施，就是花木，也要多样栽种，再挂个牌牌加以说明，传播植物知识……

再进一步呢，我的想法虽多，但挺通俗；组织乐队、合唱队、朗诵队，书法绘画组，时不时搞个露天书画展，隔三差五办个周末演唱会，等等。须知河畔社区里人才济济，藏龙卧虎，当过报社出版社社长的，电视台台长的，艺术院校教授的，而且多退休在家，一点“文化”，寻找何难？

问题在凝聚组织调动力量，可能有联合做事的体制问题，有“多一事不如少一事”的懒政问题，也有与公园管理相关的种种规定问题，等等。不然，好好的公园，建了这么长时间了，怎么如此冷清呢？

# 余韵

重阳节前夕有预告，大院将举行展卖活动——好事！只是不解为什么不在节日当天进行，须知，老人不上班，能够足不出院逛“市场”，从容选购心仪的物品，也是个乐呢。

今天，降温送清寒，又大风号啕，展卖开市，人们包括还能走路的老人，都兴致勃勃神采奕奕心有所盼地来了，爬着高坡来了。别看天不作美，工作人员热情服务，可圈可点；介绍商品如何好，又打折几多……我呢（哪能不去看稀罕），光顾几个摊位后，不免有些失望，终无东西可选。食品类，诸如义利果子面包，什么什么香肠熟食，超市均有售；服装呢，其款式实在老掉牙了，再打折也无人问津……

大冷天的，好不容易一个休息日，买方卖方平时都这么忙，这是何苦哪！还有，既然打着九九重阳敬老服务的牌子，理应节日当天开锣，倘等双休日上班族有暇再举办，那敬老的成分就会打折，就显得事情办得不够圆满了。

我这人本来还算厚道，老了老了，变得日渐挑剔，有时也会说些不大厚道的言辞，这篇文字就不那么中听，闻者不必介意，就当老者树下晒太阳时的自言自语罢。

# 说爱

您没有看错，——说“爱”。

十几年前，我写过一首诗，《爱是什么》（收入诗集《波光如银》），“爱是什么？ / 夏日，在海边，我问海。/——奔涌而来，/ 一层层浪，镶着雪白的花边；/——缓缓退去，/ 一片片沙，/ 泛起疲惫的喘息；/ 大海啊，我读懂了：/ 爱，既有原始的冲动，/ 又有高贵的自尊；/ 大海啊，我听清了：/ 爱，既有复杂的思维，/ 又有快乐的单纯；/ 大海啊，我记下了：/ 爱，既有厮守的甜蜜，/ 又有别离的沉重……”这海边冥想，着眼于年轻人的爱恋，自然是浅薄的注释，而且是小我之声，不足为训。

人间之爱，博大深邃，应该充塞天地、贯彻万物，于今关注和平与发展，心系人类命运共同体；而我与祖国，无疑应该以人民为中心，如孔繁森所说，一个人爱的最高境界是爱别人，一个共产党员爱的最高境界是爱人民，那样一种广大而圣洁的仁爱之心，大我无私的悲悯情怀！就是一己私情，亦应纯粹如昆仑美玉，忠贞似藏地雪峰，赓续革命先贤云霞般精神与品格。

爱无价，爱有恒，愿年轻的爱恋霞光美好，老年的爱心伴岁月流萤……

# 表情

说来惭愧，我这人从来表情呆板，就是拍生活照，也难得有一两张含笑的照片。现在却来谈表情，不免滑稽。

表情，字面意思，应该是思想感情的表达，当然通过面部和姿势的变化实现。表情丰富与否，应该是评价演员表演水平和能力的重要因素。寻常人呢，表情如何则与他的能力大小没有什么直接关系。倒是须提防那些巧言令色之徒玩假招子，甚至搞坑蒙拐骗，危害他人。

表达感情，五官重要，诸如眉目传情，嫣然一笑，等等；姿势的表达，也不可小觑，“回眸一笑”，这回眸就颇难拿捏。还有，西方人习惯的丰富的手势，在我国同样也早已流行。

文字传达表情，有繁有简，评书艺人的表演，描写十分细微，而作家笔下又可以抒写得十分简括，诸如“目送”“泪目”“揖别”，等等，既摹写鲜明的面部表情，又有妙不可言的姿势体现，祖国语言的丰饶真是令人拍案叫绝。

我还想到1950年代毛主席写给一位老朋友的书信，其中说道：……人事纠纷，复杂心理，一些人看不起你，“口中不说，目笑存之”，这是社会常态。以此做思想工作，为朋友排忧解难。这“目笑存之”揭示了多少人情世故、复杂心理?

末了，要提一下“表情包”，这是微信时代的产物，以图表达思想感情，生动直观，耐人寻味，用文字不便表达的，可以通过林林总总的表情包代劳。人啊，人，实在是越来越聪明了！

# 难忘

关于草原，写了 10 节文字，回头看，有的稍好，有的也是思路不清，或语句残缺，有前言不搭后语之感。但总算完成了，一时不想再续了。

还是有点不舍。我想对草原说的，我所描绘的草原图画，那云朵之上阳光的金晖，草叶间隐约的絮语，那四季萦绕的蓝蓝的问候，依稀都没有表达出来，——不舍，这就是我的不舍！

我的微文非电脑制作，而是以昏花老眼、微颤的指尖，在手机屏幕上一个字一个词抠出来的，有的朋友点评时帮助我纠正错白字，这自然感谢，也希望能理会我年迈的退化。

秋将尽。看来“秋日随笔”也有望完成 100 篇，我把这件事看作是向岁月索取，向时光挑战，我主张的“老有所为”也许不是枉言，“老来聊发少年狂”，多少有些不着斤两，但少念些五花八门的养生经，动动脑，动动手，为世间留下一些有益的文字，终是有意义的事情。

# 序曲

这些叶子，艳丽如花，只是已经落尽——这是昨日的景象，不妨让我们回眸再看一眼。秋已尽，冬将来，这“将”不过十几个小时了，何其短也，然而凭窗俯瞰，没有阳光，没有花影，没有暖人之色彩，有的是雾，是霾，是雾与霾中隐约的雨；院中景物一片模糊，仿佛没有设好光圈没有调好焦距，由一双颤抖的老人的手拍下的照片。

恼人的天气，害得我失去等待秋冬过渡时刻的兴致，不觉沉沉睡去。一觉醒来，再望窗外，风乍起，景物逐渐清晰，远处银杏树经雨已变橙黄，近处路面已过雨水，有银杏落叶装饰，不免发人联想……

此刻，我手机屏幕上记录着这里秋与冬的转换，天气特殊，人世平静，大院川流的车辆好像也少多了；今天是快乐的星期六，家人团聚，欢声笑语，可以想见；只有我在静静地侧听冬天的脚步，依稀期待着什么——立冬，就在明天。

# 秋阳

不知谁的名字叫秋阳，总该有的，秋天的阳光多美好，倘化为一个人的名字，别人称呼起来，也会感到特别温暖。

秋天，在大院散步，通常是走南北通道，一个来回之后，转而登高处平台花园，在弧形长凳上端坐，享受暖洋洋的日光，那感觉不可名状，幸福，自在，轻盈，于是眯缝着眼睛，腾空大脑，又仿佛与大自然对话。

忽然，冥冥之中，牵来伟人斯大林的名言：自我批评之于我们，简直是和日光、空气、水一样重要。他还说过，武装的革命反对武装的反革命，这是中国革命的特点之一，也是中国革命的优点之一。这里所引的，没有核对原著，想来至少大意是不会错的，因为我们已往时常引用。阳光，秋日的阳光，与水和空气一样，是这般可贵；天气转凉、昼夜温差大，开始加衣的时候，临近中午，晒晒太阳，真的是一件很惬意的事情。

秋阳可爱，终不能久留，当入冬飘来初雪时，阳光则又是一番况味，几许暖意会有的，但风吹过，大有送客的架势；那时提议在户外坐坐，已是奢侈的想望……

# 重阳

今天是九九重阳，老年人的节日，历史悠久且不待说，总要登高一试脚力——不巧，偏天阴欲雨，不便外出，院中也有高处，大约十来个台阶，不妨象征性地攀爬，于是沉着登临，完成了一个古老的仪式。

上得平台，高大的银杏树，元宝形叶片边缘开始泛黄；同样高大的雪松，依然郁郁葱葱；一株彩叶树，苗条而绚烂——这些日子，我手机即拍，加后期“变形”，所摄照片推上微信炫酷，风流得可以。此刻想再拍几枚，发现因金风无情，又没有好好补水，叶子已开始干枯，依稀落地会发出声响……

“遥知兄弟登高处，遍插茱萸少一人。”王维的诗句，最切重阳节了，少小时节，因他这首《九月九日忆山东兄弟》才知道这世上还有一个重阳节。在平台漫步，思绪纷纭，想到王维老家山西蒲州，可是这次大雨成灾的蒲县？现在抢险救灾进行得如何？又想到当年在内蒙古工厂里诗文唱和的“三剑客”，如今三地相望，均年事已高，近况如何？当我掏出手机，给其中一位挂通，说天冷了，明天起程飞海南，一个摄影人，大约又去寻鸟、画鸟，于椰风海韵中抒写生命的美丽！

重阳，转瞬即逝，愿明年的重阳节艳阳高照，兄弟不在一处可以，记得站在高处插一茱萸（原来不是插其花，而是插其果）就是了。

★晚晴

## 晴阳

今日阳光甚好。下得楼来，大院南北大道洒满阳光，迎着光芒走去，知会了“金光大道”的感觉，联想到浩然的长篇小说的意象。仿佛有歌声回旋，“我们走在大路上，意气风发斗志昂扬……”这应该是新年伊始，追梦人集合出发的气象罢。

俗话说：百事择佳日，佳日惟晴阳。此刻虽然数九寒天，然日朗风息，晴光万里，暖阳烘焙，人们感受着新时代变局中的行稳致远，感受着置身大国腾飞的幸福与自豪。

晴阳，从意象到精神，都是个沾“福气”的词汇。“你若安好，便是晴天”。这句温馨的话语，不知谁是原创，徐志摩？林徽因？还是别的什么人？晴天即是安好，你若遇事或沉郁不快，我的天空则风雨如晦；知心朋友间，远在天涯也好，近在咫尺也好，不是该怀有这样一种情愫吗？

阿尔山风景

# 未尽之欢

秋就这样走了，不及回眸；冬就这样来了，以粗砾的冰雪，迅雷不及掩耳之势，季节的交替何其简单，这样缺少仪式感！

前些天还听朋友说，要到钓鱼台国宾馆东侧银杏大道拍片，前天下午我在院中散步，随便掏出手机拍夹道银杏树渲染的醉人的明黄——虽然有雾霾的轻度污染，还是有几位老人在专心拍照，大约有一种预感，明天这景色也许会大为褪色。果然，一夜风雨，随后是风狂雪骤，一顿横扫，银杏树片叶不存，没来得及收获银杏之美的人们不免惋惜再三。

京城几处赏秋叶的所在，早已在朋友圈中流布，捷足先行，将彩叶收入镜中者，也许在隐隐沾沾自喜，更多的朋友则感叹错过良时，感叹这赏叶高潮的未尽之欢。

生活就是这样，许多时候凡事看准了，就要及时出手，以达预期之效；错过了，就不是几分几秒，诸如这深秋赏秋色，只能期待来年。

# 欲雪

昨日小雪，我说小雪无雪，这话有些含混，反映出没文化——就是在北方，小雪也并非意味下雪，更不是气候报告的“小雪”，降少量的雪。古语所谓“小雪气寒而将雪矣”，这时节往往寒潮和强冷空气频繁，寒冷是实实在在的，开始往严寒过渡嘛。因此，朋友圈中问候，多提醒添衣保暖，以防受寒。

这边刚说无雪，俺就听说东北龙江几个地方逢暴风雪，积雪盈尺，不知是否酿成灾害。冬季，地不分南北，都容易遭遇自然灾害，北方的暴风雪，南方的冻雨等，常搅扰我们的正常生活，不能不有所警惕和预防。

天寒欲雪。想起唐代著名诗人白居易的《问刘十九》：“绿蚁新醅酒，红泥小火炉。晚来天欲雪，能饮一杯无？”大家诗句清丽如水，情谊醇厚，这张邀请函如此别致，不禁叹为观止！欲雪将饮，这境界该诱发人们翘首盼雪，诗酒赏雪，驱逐严寒、迎接春天的冲动罢。

小雪的联想，没有深沉的寓意，惟冬天的脚步加快了，冬天的事情要勉力做好；这一年也快翻篇儿了，回头总结一下，得失权衡，大约还是那句老话，成绩是主要的，欠缺是次要的，甚至是可以忽略不计的，至少在心理上要有这个自信。那么，光明在前，继续奋斗，争取新的更大的胜利和成功！

# 收拾收拾

进了腊月，我写微文，末尾缀了一句，说“收拾收拾准备过年”，有的朋友并没在意，其实，这“收拾收拾”，并非如“洗洗睡了”那么简单、随便，其内涵丰盈，细心人或富有生活情趣的人，各自会有自己的安排。

走民俗，进腊月，过年必须办理的事物就排开了，什么办年货，杀猪宰羊，扫房，祭祀，等等，南北地域不同，各地会有差异，无须细数。如今懂老理儿的，其实也不是很多，而年轻人又有自己的“守正创新”，展示诸多花样，反正欢乐吉祥就好。我想到的，趁打扫房屋，清洁卫生，收拾旧物，该清理的清理，该处理的处理，也来个“极简”，让居家清爽些。前些时候我的捐书，也有这方面的意思。

收拾收拾，当然还有别样的意义；时至岁尾，思想、思绪、经济活动、社会交往乃至情感世界，似乎也该来个“回放”，自我审视、评价一番，总结过往，面向未来，迎接新岁。这样，不白白增添一岁，而是昭示成长了、进步了。

收拾收拾，准备过年，就是在回望过去的一年之际，想到自己奋斗了，奉献了，也收获了，由此增强自信，弥补不足，积蓄力量，再创佳绩。

现在拜年还早，交流一下如何收拾收拾、把年过好，也许不无意义。让我们都有一个健朗的心态，欢欢喜喜迎新春！

# 告别

冬天即将过去，告别的时刻，仿佛送走一个平淡无奇的故事，在我，心中没有一丝依恋。冬天，曾经的美好，至今恣肆在我的《听雪集》里："岁月流逝，不能冲淡那些 / 日子，欢乐曾伴着初雪，/ 写下冬天的抒情诗"（《题记》）"冰雪擦亮了泛青的 / 柳条，落日呈古铜色调，/ 依稀梦中同行，/ 背起冰鞋，戴上雪帽，/ 在宽阔的湖面上 / 为冬天画上句号。"（《溜冰》）那时人到中年，心依旧年轻，于是有烂漫的诗思萌动；那时冬天可能比现在严寒，但动感十足，内心充满童话般的感受。

别了，少雪的暖冬，进三九时也没有凛冽的风，这种"温暾"不是我的所爱，这种平常已近平庸。去吧，你这"假唱"的冬，明年再来请彰显阳刚之美，哪怕凌空卷起暴风雪。

# 元宵

今日正月十五“上元节”，即元宵节，红红火火的大年至此也就结束了，尽管我们这样依依不舍。

那么，再闹一个元宵，由满月与红灯陪伴，笙箫唢呐，人嚷马嘶，祈国泰民安，风调雨顺，阖家团圆，吃一碗绵软而甜蜜的元宵，为过年画个句号。

聚散有致，有聚自然就有散；过了今夜，异地打工的，也该告别家人，踏上返程；归来探望父母的，再不能踟蹰徘徊……这聚散之间，闪烁多少人生真谛！

好在春来到，一元复始，万象更新，“梨花一枝春带雨”，那应该是欢喜的泪滴，春天带给人们新的希望、新的期盼，在这新春元宵里，让我们共同呈上无限美好的祝愿吧！

# 云朵与花朵

我在玉龙雪山拍的照片，冰川之上云朵浓重；如果说冰川象征男人的伟岸与力量，那么头顶的云朵恰是护佑他们的情话。

我想说，朋友圈中所有的女同胞，你们可以夸耀自己爱的富有，爱家人，爱朋友，爱祖国，爱事业……欣看爱的花朵绽放在春天的晴光里。

今日，三八妇女节，向我的家人，向朋友圈里所有女同胞，致以节日的祝贺！妇女节的全称，应该叫国际劳动妇女节，是世界各国劳动妇女展示自己劳动与创造成就的节日，朋友圈中不乏各界精英，聪慧干练之女性，你们的奋斗与贡献彰显新时代中国妇女的飒爽英姿和矫健步履。

绽放吧，爱的花朵！高飞吧，爱的云朵！

# 自然的微笑

春天的脚步轻盈，转瞬花开草长，展开一幅烂漫的画图。

我们这些凡人，尽管疫情堪忧、生活中些许不如意不愉快，看到眼前春天的景致，也许可以暂时放下了。想到冰心于100年前写下的《春水》中诗句，“自然的微笑里，/融化了/人类的怨嗔”，真是讲得好，在大自然坦荡而温情的微笑里，还有什么不能够释怀呢？

大自然是人类共同的家园，也是人们排除一己不快的摇篮。在北方，四季风光，特别是春秋两度，气候适宜，风景迷人，忘情于其中，自会有宠辱不惊、烦忧皆去的心境发生。

“怨嗔”一语，不免有些轻飘，而烦忧确是实在遭遇，克服起来当然不是走近自然就可以迎刃而解，那么简单那么容易。对待现实困难，还是要振奋精神，勇毅奋斗，加以排除，这是毫无疑义的。

自然的微笑，应该是我们的追求与向往，即分享生态文明的花朵与果实，这个人类美好家园的维护与建设，终是我们肩负的崇高职责。

# 雪后

一场雪，又一场雪，晨起北京人有福了，欣欣然畅读梦幻般的春雪图；只见金灿灿的迎春花，淡紫的玉兰，早开的粉红的山桃、山杏，为绵软的雪絮覆盖，色彩奇妙；高低错落的屋顶，一片洁白，街树呈雾凇姿容，四野沉寂，充满童话氛围……

可惜我不能下楼，可惜我不能携相机游走，就是凭窗用手机抠图，也力不从心，这样，只能刷屏观赏朋友圈的美图。美啊，这天降之美，让我们细心收藏，以弥补去冬的盼雪与早春的清寂。

太阳出来了。雪的精灵缓缓散去，楼宇街巷重现传统的灰色，树呢，也隐去了那银装素裹，露出淡淡的绿意……恍如一场春梦醒来，睡眼蒙眬，起看花开草长！

大自然多奇妙，人生亦如自然，不无奇妙景象；想到这里，不禁亦喜亦惧（忧），倘困难来了，总须面对，趋利避害，勇敢排除就是了。

★冰雪之痕

# 新绿

春天里，有太多的植物，先开花后长叶，玉兰呀，桃杏李梅呀，也许因此诱发诗人的惜春情绪，杜甫“繁花容易纷纷落，嫩叶商量细细开”，大约就是了。

清明过后，花事繁忙，万紫千红，美不胜收；不开花的树木，也仿佛一瞬间变绿，那耀眼的新绿恰似春水盈盈，漫过心田，令人活力顿生，呼应季节的轮回。

我爱繁花，繁花即繁华；我更喜绿叶，那变化的色泽（从“草色遥看近却无”，到“霜叶红于二月花”），更长久地伴我走过四季，丈量漫漫人生。

这里引杜甫诗句，据 1950 年代冯至的选本。另有选本，则为“繁枝容易纷纷落，嫩蕊商量细细开”。

都说花，仿佛更符合惜春、挽留时光盛景之意蕴。

想到 40 年前，我写过的《为了动人的新绿》，“又一束春之歌曲，又一个微笑的晨曦，/ 又一期整齐刊物，又一抹动人的新绿”，那是作者自况，歌颂为人做嫁衣的编辑的，新绿盈怀，笑洒春光……

★新绿盈怀

# 长街春树

去协和医院，往返万寿路、东单之间，见长安街春来街树绵延，花团锦簇，炫耀着北京迷人的春色。

春天的树，开花的开花，发芽的发芽，到处崭露勃勃生机；长安街的树，尤其精神，经园林工人精心打扮，金柳耀眼，叶杨闪辉，桃花似火，海棠含笑，李梅弄姿，好不热闹！惟市树国槐枝干黑黑的，刚刚吐出叶芽，仿佛画师浓墨勾勒，从东到西先布枝干，最后泼墨，绿云缭绕，从而完成长街春意图。

冰心久居北京，爱北京，写北京，留下《到青龙桥去》《再到青龙桥去》《我们把春天吵醒了》等名篇。我还记得，她在文章里说过，北京“春脖子短”，不觉就夏天了。现在大致依然如此，春天短促，就要珍惜，长街来去，不可一看了之，总该捕捉些什么，于是涂抹此文，以谢同好，兼致春安。

**图书在版编目(CIP)数据**

河边流萤.二集/谷安林著.--北京:中共党史出版社,2022.8

ISBN 978-7-5098-6075-5

Ⅰ.①河… Ⅱ.①谷… Ⅲ.①随笔—作品集—中国—当代 Ⅳ.①I267.1

中国版本图书馆CIP数据核字(2022)第108241号

**出版发行:**中共党史出版社
**责任编辑:**陈海平
**责任校对:**申　宁
**责任印制:**段文超
**社　　址:**北京市海淀区芙蓉里南街6号院1号楼
**邮　　编:**100080
**网　　址:**www.dscbs.com
**经　　销:**新华书店
**印　　刷:**北京盛通印刷股份有限公司
**开　　本:**152mm×230mm　1/16
**字　　数:**160千字
**印　　张:**21.75
**版　　次:**2022年8月第1版
**印　　次:**2022年8月第1次印刷

ISBN 978-7-5098-6075-5

**定　　价:**68.00元

---